차마 말할 수 없었다

차마 말할 수 없었다

南江 단편 모음

오계자 지음

'내 삶의 기준이 나가 아닌 체면 체통이었다.
이젠 나를 중심에 두기로 했다.'

생각나눔

머리말

여고 시절 소원 이야기꾼
짓는다는 것
이렇게 어려운 줄 몰랐다.
세상을 향해 하고 싶은 말
등장인물 앞세워 할 수 있는 매력에
펜은 잡고 있지만
머릿속에서 이글거리던 사연들이
멍석만 깔면 숨어버린다.

핵심을 꺼내지 못해
가슴은 늘 아근바근 편치 않았다.
드잡이라도 거뜬할 듯했지만
그예 겉핥기가 되었다.
언젠가는 속뜰에 주저앉은 덩이 쏟으리라

제 이야기를 읽는 모든 분께 축복을 기도합니다.

2022. 6.
南江 오 계 자

차
·
례

오계자 단편 모음집

차마 말할 수 없었다

상궁의 후손

_ 정우는 맑은 물이 흐르는 옛 빨래터를 지나 창덕궁 담 따라 걷는 길을 좋아한다.

신선원전의 외삼문 오른쪽 궁장 아래로 해서 궁 밖으로 흘러나오는 물이 하도 맑아서 부근 주민들뿐 아니라 궁에서도 나와서 빨래를 했다고 한다. 어머니에게 궁중에서 일어났던 소소한 이야기부터 역사적인 사건 사고까지 대궐 내부의 많은 이야기를 들으며 자랐다. 어머니는 조선 5백 년 야담과 야화가 솟는 샘이었다. 저녁에 어머니께서 반짇고리를 꺼내시고 전등 아래 앉으시면 누이들과 둘러앉아 이야기 샘만 쳐다보았다. 어머니는 상궁마마이신 증조할머님께 직접 들은 이야기들이다.

증조할머니께서 어릴 적에 부모님의 만류에도 불구하고 부뚜막에서 나물을 무치면서 늘 입버릇처럼 임금님 밥반찬을 내 손으로 조물조물 무쳐드리고 싶다고 소원을 빌었는데 진짜 임금님 수라상을 맡으셨다고 했다. 야무진 일 맵시와 음식 솜씨 소문 때문에 일곱 살 되던 해에 수라간 제조상궁 마마께서 직접 오셔서 손잡고 궁에 들어가셨다고 한다.

조선 초에는 관청이나 왕실의 여종 중에서 10세 전후의 여아들을 선발해서 새앙머리를 땋은 생각시(수습 나인) 상태로 엄한 교육을 거쳐 20세 전후에 계례를 치르고 정식 나인이 되었다고 한다. 하지만 차츰 양가 규수를 선발하게 되자 여식을 궁녀로 보내지 않으려고 서둘러 혼인을 시키는 풍습이 생기기도 했단다. 증조할머니는 탁월한 음식 솜씨 탓에 열네 살에 계례를 치르고 수라간 나인이 되셨다는 것이 큰 자랑거리였다. 궁녀로 들어간 것이 자랑이니 젊은이들에겐 웃음거리다. 그래도 자랑하시는 이유가 있다. 뛰어난 음식 솜씨 덕분에 생각시 시기에 겪는 엄하기로 이름난 생각시 교육과정도 생략되어 수라간 제조상궁의 권한으로 요즘 말하는 비서 격이었다고 한다.

"아가야 나물을 무칠 때 어떻게 무치느냐?"

"감히 마마님 앞에서 어떻게….."

"괜찮으니 말해 보거라."

"나물은 적당하게 데치는 것부터 중요하옵니다. 물은 능을 두어 끓여서 데쳐야 되옵니다. 무칠 때는 너무 세게 주

무르면 나물이 뭉개지고 너무 덜 주무르고 섞어만 주면 나물에 양념 맛이 스미지 못하고 겉돌기 때문에 맛이 없사옵니다.”

“그걸 어떻게 알았느냐?”

“다섯 살부터 오직 임금님 밥반찬 제 손으로 무치는 것이 소원이라서 연습하고 또 연습했사옵니다. 어머니께서 역정 내시고 꿀밤을 맞으면서도 소원을 빌고 또 빌었사옵니다.”

그렇게 시작한 궁 생활은 궁중 역사상 최연소 상궁마마님이 되신 것이다.

“상궁은 왕의 여인이라 해서 결혼도 못 하고 요즘 용어로 종신직인데, 어떻게 할아버지를 낳으시고 집을 사고 땅을 샀어요?”

증조할머니께서 장만하신 집과 땅은 절대 팔지 않는다는 것이 가훈처럼 되어있으니 손자들이 자라니까 설명이 필요하다. 아버지 말씀은

“할머니 마마님께서 얼마나 알뜰하신지 궁에서 봉급으로 받은 곡물은 한 톨도 축내지 않고 몽땅 장리쌀로 풀었다가 가을에 거둬들이셨단다. 처음엔 멋모르고 다른 대감 댁보다 더 융통성 있게 잘해주니까 가난한 분들이 앞다퉈 우리 집을 찾았대. 나라에서보다 더 후하게 봐주고, 많이 힘든 분

들에겐 이자를 감해주심은 물론 더 보태주기도 하셨으니 장리쌀이라기보다는 저축이지. 그런 선행이 후손을 위해서 덕을 쌓는 일이라고 하셨어. 그런데 몇 년 지나지 않아 정해진 약속은 지키라고 다른 지주들이 항의를 하더란다. 후에 화폐로 봉급을 받은 것은 요즘 말로 돈놀이를 하셨지만, 마찬가지 불리는 목적이 아니고 모으는 개념이었지. 모이는 족족 땅을 사셨단다. 그런 모든 관리는 할머니의 집안 동생뻘 되시는 분이 집사 일을 하셨고, 퇴궁 후에는 그 유 집사의 아들을 양자로 삼았으니 나에겐 아버님이시고, 정우 너에겐 친할아버지시다."

그렇게 냉철한 자린고비 증조할머니께서 장리 곡물로 좋은 일까지 하셨다니 어울리지 않는다는 정우의 의문에

"베풀고 보시하는 것은 그 덕이 후손에게 다 돌아온다는 믿음 때문이라고 하시더라."

나라에서 승낙한 양자요, 상궁의 후손은 곧 나라님의 후손이라는 마음으로 하늘을 우러러 한 점의 과오도 있으면 안 된다는 엄하고 절대적인 가훈은 조금도 희나리 되지 않고 지금까지 교육되고 있다. 경제적 측면에서도 증조할머니는 혜안을 가지셨다.

고려가 멸망하게 된 씨앗은 '교초'라고 하는 몽골의 지폐

때문이라고 해서 할아버지는 말도 안 되는 줄 알고 웃으셨다고 하셨다. 정우도 역사 시간에 듣지 못했던 말이라 믿음이 없는 건 사실이다. 허나 듣고 보니 이해가 되는 것이 당시는 몽골이 세계 강국이었으니 그 교초가 전 세계의 상업망을 연결했고, 상업 발전의 기반을 잡았다. 그러자 몽골은 교초를 남발해서 세계적 인플레이션이 일어나고 말았다. 엄청난 교초를 보유하고 있던 고려의 권문세도가와 왕족, 정부까지 붕괴될 판이라 군 병력을 유지할 힘도 없어졌다. 홍건족과 왜구를 막기 위해 동북군벌 이성계의 도움을 청할 수밖에 없었다고 한다. 증조할머니의 남다른 역사관, 판단은 재산 관리를 안전하게 했다. 수시로 논밭을 사셨다. 금붙이도 화폐도 아닌 땅이었다. 증조할머니 말씀은 가난한 사람들에게 논밭을 경작하는 기회를 주니 이 또한 보시라서 일석이조라 하셨다.

정우는 어릴 적부터 궁궐에서 일어난 이야기들을 많이 들었지만, 현실 사회와 비교해 보면 놀라운 일들이 많다.

민주국가라는 현실은 공장에서 직공들이 사람대접은커녕 노동을 착취하니까 노동자들이 듣도 보도 못하던 데모(demonstration)라는 것을 하는 인권이 짓밟힌 세상이 되었다. 4·19와 5·16을 겪었을 때만 해도 중고생 시절이라 잘 몰랐다. 아버지께서는 제대로 사람답게 살고 싶은 국민의 염원이라고만 설명하셨다.

이젠 좀 알겠다. 독재정치보다 더 나라에 좀이 된 것은 사리사욕에 눈이 먼 정부 고위 관료들에 의해 왕은 청맹과니 만들고 국민의 삶이 바닥 신세가 되었다는 것을.

오히려 조선 시대 궁녀들이 지금의 노동자, 공무원보다 훨씬 근무 대우가 인권주의였다. 할머니 말씀은 8시간 근무가 철저했고, 그것조차 격일 근무라고 하셨다. 궁중 잔치나 명절, 국상이 있을 때는 어김없이 특별 지급으로 화폐 또는 곡물로 받기도 하셨으니 지금의 용어로 시간 외 수당이다. 직속상관에게는 폐물을 하사받기도 했다니 말하자면 특별 보너스다.

사유재산이 허락되기 때문에 내시들이나 궁녀들이 노후를 위해 퀄 밖에 집이든 땅이든 마련해 둔다고 했다. 정우 생각에 억울한 점이 하나 있다. 분명 상궁은 여성 공무원이지만, 남성 관리들에겐 녹봉이라고 하면서 상궁에겐 녹봉이라는 난어를 쓰시 않았으니 정부 관리로 인정하지 않은 것이라는 점이다.

"할머니는 여기 원서동에 아담하지만 탄탄하게 기와집을

짓고 땅도 사셨어. 왜정 때도 상궁의 집이라는 궁의 특별요
구를 받아들여 건들지 않았어."

아버지는 자랑거리가 많다. 예순셋에 엉치뼈(아마 고관절이
아닐까)가 고장 나서 궐에서 나와 열 살짜리 유 집사 아들을
양자로 삼으셨다고 했다. 우리 할머니 마마께서는 참 운이
좋으신 분이다. 퇴궁 하신 다음 해에 한일합방이 되었으니
말이다.

할머니는 체통 지키기를 본인의 목숨 지키기와 같다고 하
신 분이시다. 예의범절에서 아주 조금만 벗어나도 나라님을
욕되게 하는 행위며, 그것은 곧 나라의 망신이라는 신념으
로 사셨다. 정우뿐 아니라 누이들도 일상이 아주 자연스럽
게 몸에 밴 예의범절이며, 정도만 걷는다. 퇴궁 했기 때문에
생략해도 되지만 양자를 들이는 것도 궁의 승낙을 받으신
것만 봐도 알 수 있다.

증조할머니 마마께서 할아버지에게 훈장 노릇을 원하셔
서 대학교 교수를 하셨고, 아버지는 할아버지의 뜻에 따라
의사가 되셨다. 주변에서 개업을 권하지만, 대학에서 연구
에 몰두하신다. 정우의 속마음은 외국에 비해서 너무 뒤처
진 과학을 공부하고 싶다. 허나 아버지 말씀이 나라가 제대
로 안정이 되려면 경제부흥과 법질서 확립이 시급하다고 하

시니 법대를 선택했지만 모두가 다 시급하다. 무엇보다 교육이 제일 중요하지 않을까. 할아버지께서 교수 시절이고 아버지는 학생 시절에 해방은 되었지만, 준비 없던 커리큘럼에 어려움이 많았고 아직도 그 영향이 크다.

정우의 서울대 합격을 알게 된 건 그저께지만 통지서는 오늘 받았다. 합격 소문은 어찌나 빨리 번지는지 내로라하는 부잣집들로부터 개인 과외 의뢰가 네 번째다. 아직 계획 없다고 미루고 있다. 가회동 사모님의 말이 제일 무게 있게 남는다. 대부분 학교에서 주소 파악하고 기사를 보내서 보자고 하는데 가회동 사모님은 직접 오셨다.

"정우 학생, 내가 아들만 둘인데 큰아이보다 우리 현우를 꼭 학생에게 맡기고 싶어. 나도 모르게 마음이 기울어지네, 인연인가 봐. 어쨌든, 우리 현우 좀 부탁합시다. 부탁해요, 안 하드라도 동생이라 생각하고 오늘 한번 만나봐 줘요."

엄마가 내오신 차를 마시면서 사모님은

"학생도 학생이지만 모친과 댁의 분위기며 품위에 반했습니다. 이런 가정의 학생이라면 정말 내 자식 믿고 맡기고 싶어요."

말로만이 아니라 어머니에게 참 진지하셨다.

"저녁에 가족이 모이면 상의해 보고 내일 댁으로 전화 드리겠습니다. 사모님 댁 전화번호가 어떻게 되시는지요."

상류층이니까 으레 집에 전화는 있으리라 생각하고 메모지와 만년필을 꺼내 메모 준비를 했다. 의외로 남편은 공무원이고, 전화는 남편의 전용 집무실처럼 쓰시는 서재에만 있다고 했다. 그래서 오늘 직접 찾아뵙겠다고 했던 것이다. 사모님께서 원하시는 것이 바로 직접 방문해 달라는 것이다. 그리고는 그냥 가시지 않고 어머니에게 청이 있다고 하시더니 친하게 지내고 싶다며 앞으로 종종 댁에 마실 와도 되겠느냐고 하셨다. 어머니는 청을 받아들이시며 전화번호를 메모해 드렸다.

생각 좀 하려고 일찌감치 나서서 걷는 중이다. 옛 빨래터 길을 지나면서 오늘은 가회동 중학생 현우가 궁금하다. 고등학생이 아니고 중2를 맡으면 부담이 적을 것 같기는 하지만 성적 외에 무언가를 기대하는 것 같다. 대부분 엄마들이 성적만 올려주면 뭐도 해주고 뭐도 해준다고 하는데, 성적 못지않게 중요한 게 있다는 건데 무엇일까? 궁금하다. 그래서 정우도 관심을 갖는다.

중학교 때 친구 준희가 생각난다. 졸업을 앞두고 생각 착오로 비뚤어진 준희를 바른길로 잡아주고 싶었다. 그러자 어느 길이 바른길이냐고 반문하는 나와 내가 시소를 탔다. 그때 준희의 말이 늘 뇌리에 남아서 꼬물거렸다.

"대다수 남들이 걷고 있는 그 길이 아니면 다른 길은 죄다 비뚤어진 길이니?"

국민학교, 중·고등학교, 대학을 졸업하고 직장을 잡고 결혼하고, 그 자식들이 또 같은 길을 걷는 인생. 그 길만이 바른길인가. 내가 왜 준희를 비뚤어진 길이라 생각했을까. 고민에 빠진 적이 있다. 아마 사춘기를 겪은 것 같다.

나도 그냥 우주의 먼지 같은 한 점으로 나타났다가 사라지는 미세한 존재일 뿐이라 해도 대수롭잖게 넘어갈 문제가 아니라고 생각했다. 비록 점 하나로 남는다 해도 사는 동안 나의 존재 가치를 확실하게 하고 싶어서 다수의 남들이 걷는 이 길을 선택했다. 그래서 준희에게 떳떳하게 말했다.

"준희야, 너의 선택이 비뚤어진 길이라는 내 말은 큰 실수야. 미안해. 옳은 길, 그릇된 길의 기준은 각자 다르지. 오늘은 그냥 내 생각을 말해 볼게, 판단은 각자가 하자. 나는 나 자신의 존재 가치를 위해서고, 또한 나의 미래를 위해서 교육받는 거야. 남들이 하니까도 아니고 부모님의 권유 때문도 아니야, 언제까지 부모님만 바라볼 수는 없잖아. 독립을 해야 되고, 독립을 해서 스스로의 힘으로 살려면 살아갈 능력이 있어야지. 그 능력을 키우기 위해서 교육을 받는 거야. 교육받지 않고 기술도 없이 평생을 어떻게 살 수 있을까 싶더라. 보다 중요한 것은 큰일을 해서 업적을 남기자는 것이 아니라 사회의 한 구성원이 되어 살아가는데 자아가 안 되면 얼마나 고독하겠니.”

준희는 말이 없었다. 그때 내가 본 준희는 어떤 깊은 생각이나 철학이 있어서가 아니고 단순했다. 다람쥐 쳇바퀴가 싫고, 공부가 싫은 거였다. 잠시 한눈팔다가 정상 궤도를 놓친 거였다. 결국, 준희는 부모님 덕분에 제자리로 돌아왔다.

현우는 성적이 최상위라니까 좀 색다른 케이스지 싶다.

곱고 흰 사모님의 피부 못지않게 현우도 귀공자 스타일이다. 미군부대 PX에서나 볼 수 있을 것 같은 비스킷과 음료에 정우는 살짝 거부감이 꼬물거린다. 어쩌다 고모 댁에 가면 미제 과자가 있는데 우리 아버지 아시면 혼난다고 쉬쉬하는 그 나비스코 과자들과 밀키웨이 초콜릿이다. 사모님의 얼굴이 활짝 피었다. 하지만 정우는 표현할 수 없는 무언가를 느낀다. 현우는 꾸벅 치레인사 후 들어가 버린다. 사모님이

살짝 당황하는 기색이 엿보였지만 애써 아무렇지도 않은 듯 넘어가려고

"옷 갈아입고 나와!"

한 옥타브 올려서 소리 내던 사모님이

"솔직하게 말할게요. 현우가 좀 남달라요, 때로는 철학가가 되었다가 가끔은 소피스트(sophist), 삐딱한 것도 아니고 반항적이라 할 수도 없으나 또래 아이들과 견주어볼 때 객관적이진 않아요. 매사에 현우의 말이 틀린 말은 아니지만, 동조해서 거들 수는 없어요. 가끔 사회 분위기를 날카롭게 비판하기도 해요. 비판적인 말에는 내가 꼭 가로막아요. 현우도 생각을 표현할 자유는 있지만, 사회적 비판까지(설령 그 말이 옳다고 해도) 할 나이는 아니거든요. 그러면서 학교 성적은 최상위권이네요. 아무나 쉽게 다스리기 힘든 아이라 조심스러워요."

현우가 추리닝으로 갈아입고 나왔다.

"안녕하세요? 중학교 2학년 민현우입니다."

"처음 보는 데 익숙한 사이처럼 반갑구나, 우리 나가서 거닐면서 생각을 나눠볼까?"

"좋아, - 요."

정우는 하대에서 뒤늦게 갖다 붙이는 존댓말 '요'가 귀엽

다. 허나 엄마는 저어기 거북해서 정우의 표정을 살피다가 현우를 바라보는 정우의 눈빛에서 안심이다.

집 뒤 정원을 거닐다가 벤치에 앉았다.

"형이라고 할까요, 선생님이라 할까요?"

"너 편한 대로 해."

"나는 형이 더 좋은데 어때요?"

"나도 형이 더 좋아, 친근감이 있구나."

"형, 이유는 모르겠는데 친형 같은 기분이에요, 더 같이 있고 싶은데 실은 하던 작업에 필(feel)이 꽂혔을 때 마무리하고 싶어서 들어갈래요."

"솔직해서 좋구나, 한편으로 하던 일 걱정하면서 반쪽 마음으로 대화하는 거 나도 싫거든. 좋아, 들어가 봐."

"형은 무슨 작업이냐고 묻지 않네요, 좋아요. 앞으로 계속 형이랑 함께하도록 오늘 결정해 주세요. 그럴 거죠?"

꼬치꼬치 묻지 않은 것이 마음에 든다. 이렇게 만난 정우와 현우다.

"형님, 형님이라고 부르겠습니다. 우리 막내가 유 선생을 아주 많이 좋아합니다. 학교 선생님이든, 과외든 선생님을 저렇게 좋아하는 태도는 처음이에요. 그날 잠시 대화 나눴을 뿐인데 신기하지요. 인연일까요, 정우 학생의 품격일까요?"

마실 오겠다고 전화해 놓고 선물꾸러미를 잔뜩 들고 온 현우 어머니가 의외로 정우 어머니께 관심이 많다. 정우 어머니도 격 없는 사이처럼 대하는 사모님께 조심스럽지만 솔직하게 말한다.

"다행입니다, 둘 사이가 껄끄러우면 계속하기가 어렵지요. 인연이 닿았나 봅니다. 사모님, 솔직하게 말씀드려야겠습니다, 미안합니다만 PX 물건들 집 안에 사들이는 걸 시아버님이나 남편이 아주 강하게 반대하십니다. 꼭 필요하지만 국산이 없는 제품을 제외하곤 일절 수입품 구입 못 합니다. 알고 계셔야 할 것 같아서요. 뭐 들고 오시지 말고 그냥 오세요."

"알겠습니다. 부끄럽습니다. 다음부터는 조심하지요. 저희 집도 남편이 가끔 수입품 구입에 대해 간섭을 하지만 잔소리 정도로 넘겼는데 옳은 처사입니다. 본받을 점이 많군요."

어차피 자주 만날 사이고 애써 자랑할 것도, 애써 감출 이유도 없다는 생각에 두 사모님은 마음을 열고 소통을 한다.

할머니 마마님의 가훈부터 시작해서 자신들이 정도를 벗어나면 곧 나라의 체통에 문제가 생기는 행위라는 것이 온 가족에게 각인되어 있음을 설명해 줬다. 기회동 사모님도 남편이 녹봉을 받는 나라의 관리임을 중시했다. 해서 많이 반성해야겠다고 솔직하게 말하면서 남편이 주의하라고 충고할 때는 잔소리로 들었는데 원서동 사모님은 말씀이 없으셔도 반성을 하게 된다고 했다.

"사모님, 궁에서 일어난 재미있는 이야기들이 많을 것 같아요."

"많지요."

"실은 궁금해도 누구한테 물어볼 수도 없었는데요, 궁녀가 되려면 숫처녀라야 되잖아요. 숫처녀 검사를 어떻게 했답니까?"

쑥스러워 뺨이 볼그레해진다. 묻는 것도 쑥스러운데 어떤 대답이 나올까 잔뜩 기대하며 눈이 반짝거린다.

"별것 아니래요. 애초에 숫처녀가 아닌 아이들은 스스로 입궐을 거부하니까 거의 다 통과될 것 같아도 탈락이 있답니다. 앵무새 감별이라고 해서 팔에 앵무새 피를 한 방울 떨어트려서 팔에 묻어 흐르지 않으면 처녀이고, 그냥 또르르 흘러 버리면 몸에 남정네의 정액이 스며있답니다."

가회동 사모님은 신기한 듯 재미있다는 듯 어린애 같은 표정이다.

"댁의 어른은 어쩌다가 상궁이 되셨데요?"

"그 질문 우리 가족 중에 누가 들었으면 대단히 화를 냈을 겁니다. 어쩌다가 억지로 상궁이 되신 것이 아닙니다. 우리 증조할머니께서 하도 임금님 반찬 조물조물 무치고 싶다고 소원을 해서 어른들이 하고 싶은 게 팔자가 된다고 혼내 주시고 쉬쉬하셨답니다. 누가 딸자식 궐에 보내고 싶겠어요. 그래도 빌고 빌더니 솜씨 야무지다는 소문 듣고 수라간 제조상궁 마마께서 직접 오셔서 일곱 살짜리 어린 할머니를 손잡고 가셨답니다. 탁월한 음식 솜씨로 인해서 관례를 깨고 기다릴 것도 없이 궁에서 특별히 선택된 나인이요, 가장 어린 나이에 상궁마마님이 되셨답니다. 굉장한 자부심을 지니셨어요. 우리 가족은 왕의 사람들이라는 자부심으로 살라고 하셨어요. 그래서 체통을 대단히 중요시합니다. 우리의 부주의는 곧장 임금을 욕되게 하는 것이요, 나라의 수치라고 하셨어요."

가회동 사모님의 얼굴이 발갛다.

"형님, 부끄럽습니다. 제가 오늘 실수를 많이 하는군요. 앞으로 조심, 또 조심하겠습니다. 남편으로부터 일상의 모든 행동을 조심하라는 충고를 많이 듣습니다. 그래서 동창들이나 친구들 사이에선 교양 면에서 뒤지지 않는데, 오늘은 얼굴을 못 들겠습니다. 형님은 생활 자체가 너무나 자연스럽게 갖추어진 품위입니다."

약간 당황하는 기색으로 주섬주섬 핸드백을 챙겨 일어나면서 하는 말이다.

첫 수업이다.

"중학교 선생님을 몇 분 만나보고 추천받은 문제집이다. 앞으로 수업은 문제집을 한 권씩 풀어나가면서 여기에 준해서 추가로 공부할 거야. 물론 국·영·수 위주로 수업을 하겠지만, 오늘은 너도나도 서로를 알아야 할 것 같다. 최소한 네가 나에게 원하는 것이 무엇이며, 부모님께서 원하시는 너의 장래가 무언가는 알아야지."

현우는 미간에 살짝 주름이 생기다가 다시 활짝 펴지면서

"만나자마자 문제집 풀자는 줄 알고 뛰쳐나가려고 했어요. 다해ㅇ~."

"뭐라고? 뛰쳐나가? 허투루 해보는 말이라 해도 절대 용납이 안 되는 말이야, 절대!"

현우의 말을 끊어 버리고 화를 내는 정우다.

"공부하는 것을 너의 기분에 따라 맞출 수는 없어. 만일

너의 맘에 들지 않는다고 뛰쳐나간다거나 허튼짓 한다면 내가 참지 않을 거야. 그런 행동 있을 수 있다는 생각이 조금이라도 있다면 우리 시작도 말자. 오늘 확실하게 약속하자.”

의외로 현우는 조금도 시무룩하지 않고 밝은 표정이다.

“좋아요, 형. 약속해요. 역시 형이야.”

문 앞에서 조심스럽게 서성이던 사모님이 가슴을 쓸어내린다.

“그럼 그렇지. 울 현우를 충분히 컨트롤 할 수 있겠구나. 드디어 임자 만났어.”

혼자 중얼중얼하면서 부엌으로 간다. 상류층댁에서나 볼 수 있는 입식 부엌이다. 과연, 둘 사이에 어떤 전류가 흐를까? 많이 궁금하지만, 정우를 믿고 현우를 믿는다.

“이제 곧 3학년이 되잖아. 고등학교는 어디가 목표야?”

“엄마는 역시 형처럼 KS마크를 이름 앞에 붙이는 것이고, 나는 마크가 중요한 게 아니고 ‘유유상종’이 목표야. 격이 비슷하고 수준이 비슷해야 생각이 통하고, 대화가 될 것 같아서야.”

목표는 같지만, 이유가 다르다. 정우의 속마음을 자극하는 것이다.

“그래 바로 그거야. 그런 점이 맘에 드는구나. 확실한 목표가 있는 사람과 어쩔 수 없이 뛰는 사람은 많이 다르거든."

"일단 유리한 고지에 있다는 뜻이군요."

"현우야, 언제부터 독서를 많이 했니? 다방면의 책을 상당히 많이 읽었구나. 대화 중에 너희 세대로는 수준급이고 폭넓은 상식으로 느낀다. 어릴 적 독서는 자기계발에 상당한 도움이 된다. 내가 경험하고 있기 때문에 잘 안다."

"솔직하게 말하자면요, 나한테 독서는 피신이었어요. 과외 선생님들은 성적밖에 관심 없고, 엄마의 말씀은 잔소리로 들어오니 책을 들고 앉으면 다 피할 수 있었어요."

사소한 일상에서조차 느끼는 사고방식이 결과는 같지만, 동기와 방식이 정우와는 다르다. 가문에 중점을 두고 살아온 정우와 대조적이다.

경기고와 서울대라는 마크보다 수준이 비슷한 아이들과 함께한다는 의미라는 현우의 말에 정우는 가슴에 어떤 울림을 느꼈다. 가문이 괘도의 중심점이 되어있는 삶과 지극히 자신을 중심점으로 둔 삶의 차이다. 이유가 어떻게 되든 결과는 분명 어른들이 원하는 그 고지에 간다. 현우에게 분명 반항의 기질이 있지만, 오히려 자기 경영의 에너지가 되고 있다. 자신을 사랑할 줄 안다. 정우는 자신을 돌아보며 현우가 살짝 부러워진다. 나는 내 인생을 내가 살고 있는가? 아니라고는 할 수 없으나 무언가 다른 느낌이다.

걱정하시는 현우 어머니에게 현우만큼 자신을 소중히 여기고 자신을 사랑하는 아이는 처음이라고 말씀드렸다. 철저하게 자신에 의한 자신을 위한 자신의 삶을 살아가는 현우다. 정우는 이제야 깨우친다. 나의 주체는 '나'가 아닌 가문이었다. 살아온 삶이 잘못된 길은 아니지만, 이제부터라도 자신을 찾고 싶어진다. 허나 견고하게 각인된 관습이 그리 쉽게 고쳐지는 사고방식이 아님을 안다. 할머니 마마님과 가문에 어긋남 없이 자신을 찾을 것이다.

"어서 오세요."

"형님, 저는 원서동에 오는 것이 극장에서 영화 감상하는 거보다 더 좋아요."

오늘은 동래 범어사에서 스님들이 직접 덖어 말렸다는 찻잎을 가지고 왔다. 차 맛이 다르긴 다름을 느끼면서 가회동의 수다가 시작된다.

"어서요, 형님 어서요."

"막연하게 무엇이 어서예요?"

하면서 둘이 같이 웃다가

"우리 할머니 마마께서는 겪지 않고 넘기셨다는 생각시들의 교육과정을 들은 대로 전하지요. 어쩌나 교육이 엄한지 그중에서도 입단속이 으뜸이었답니다. 정월 상해일(첫 돼지날)과 상자일(첫 쥐날)에 신입 생각시들에게 '쥐부리 글려'라는 엄한 수련이 있는데, 그중에도 가장 엄한 것이 말조심이라는 뜻으로 내관들이 긴 장대 끝에 불을 붙여서 줄 서 있는 생각시들의 입을 지지듯 들이댄답니다."

"어머나, 무서워. 너무 심하잖아요."

"그만큼 입조심하라는 뜻이지요. 우리 할머니 마마님은 그런 생각시 교육도 없이 곧장 수라간 근무셨나 봐요."

"요즘 말하는 낙하산 취업입니다. 호호호."

어둑새벽 인경이 울리기도 전에 수라간으로 나가는 것이 오히려 더 나을 것 같다면서 영화에서 보면 임금님 방문 앞에서 밤을 새우는 상궁님들은 너무 심심해서 더 졸리겠다는 가회동의 말에 사방을 조심스레 살피던 원서동 사모님은

"이런 말 낯 뜨거워 거북하지만, 우리가 벌써 이렇게 트는 사인가 봅니다. 실은 그 임금님 방문 앞 숙직 상궁님들은 8명인데 별거를 다 간섭한답니다. 세상에 임금님만큼 자유가 없는 사람은 없을 겁니다. 잠자리까지 낯 뜨겁고 거북한 코치를 받았으니까요. '전하, 너무 지나친 흥분은 옥체를 해합

니다. 전하!' 등등 체위까지 간섭했답니다."

민망해서 더한 말은 못하고 끊어버린 것을 눈치채고 자꾸 조르지만 더 이상 말을 잇지 않는다.

"상궁끼리, 나인들끼리 또는 내시들끼리 몰래 동성연애도 있었다지요."

"사람 사는 세상 다 거기서 거기겠지요. 우리 할머니 마마님은 아무리 생각해도 타고난 요리사 같아요. 임금님 수라상 준비하는 시간이 생의 가장 행복한 시간이며, 밤에도 아침 수라상 준비를 상상하면 행복했답니다. 한 끼 끝나면 다음 준비가 행복이고요. 복 받으신 분입니다. 해야 되니까 하는 일이 아니라 하고 싶어 하는 일을 평생 행복하게 하셨으니 복 받으신 분이지요."

전화벨 소리에 잠시 일어나 거실로 나갔다가 들어오는 정우 어머니께

"사모님, 듣기로는 올해 서울대에 데모라는 거 때문에 심각한 것 같은데 정우 학생 무슨 말 없으세요?"

"어제도 부자지간에 서재에서 심각하게 대화를 하긴 했지만, 난 정우를 믿어요. 정우가 판단하고 가는 길이라면 옳은 길이라 생각해요."

원서동 사모님은 본받을 일이 참 많다는 것을 새삼 느끼

는 가회동 사모님이다.

현우도 신문을 보고 뉴스를 들으니까 많이 궁금한 모양이다.

"형, 형은 어떻게 생각해? 봄부터 계속 데모하는 거."

"나중에 다 알게 될 것이지만 지난 3월 윤보선 전 대통령께서 종로예식장에서 구국선언문을 발표하셨고, 우리 대학에서 일장기 불태우고 김종필 인형 화형까지 하고 사태가 극화되니까 박정희 대통령께서 11개 대학 대표들과 면담을 했어. 요구 사항을 전달했거든. 그런데도 계속 정부에서는 한·일 회담을 추진하니까 또 시위가 시작된 거야. 네가 무슨 말인지 알까만 박정희 대통령의 정치 명분이 민족적 민주주의야. 헌데 어제 20일 '민족적 민주주의' 장례식 치렀어. 나도 참여했어. 김지하 선생님이 조사 작성하시고 김덕룡 선생님이 낭독하셨어. 학생들과 정치인 기자들 등 천 명이 넘게 체포되었는데, 나도 붙들려갔었어. 헌데 1학년은 가래. 다음 달(6/3) 학생 시민이 대규모 집회할 거야."

"형은 왜 한·일 회담을 반대하는 거야? 나라끼리 서로 소통하고 정상적인 외교를 함으로 같이 발전하자고 하는 회담이잖아."

"너는 우리 부모님들, 조상들이, 또 고종 황제가 어떤 고통을 겪으셨는지, 중전마마께서 얼마나 치욕적인 죽임을 당하셨는지 몰라서 그래 덕혜옹주님은 강제 유학에 강제 결혼에 어떤 고통을 겪고 계신지 치가 떨린다. 그런 원수와 손을 잡다니! 게다가 회담의 본질을 국민에게 속였어. 식민지 지배에 대한 배상 등등 회담 내용이 너무 굴욕적이야."

"내가 모르는 것은 맞지만, 영원히 원수로 사는 것보다 신문 보니까 경제개발을 위해 자금과 기술을 도입하려는 목적이라는데 소름 끼쳐도 적당히 이용해서 나라 발전에 도움되고 국민을 위함이라면 겉 다르고 속 다른 악수라도 하는…"

정우의 표정이 위험 수위까지 오르자 현우는 말을 중단했다.

아버님, 어머님 전상서

이유를 불문하고 나라님의 뜻을 거역하는 것은 절대 있을 수 없다는 증조할머니 마마님의 뜻을 한 번도, 조금이라도 어긋난 행동은커녕 상상도 해본 적이 없습니다.

나라님에게 반기를 들고 투쟁을 하는 것이 아닙니다. 나라님이 원수에게 속고 있음을 바로잡기 위해 소자 결심했습니다. 누가 우리 고종임금과 중전마마의 목숨을 그리도 비참하게 앗아갔는지 잘 알고, 36년간 우리 조상의 치욕적인 삶을 알기 때문에 아무리 나라님이라도 원수와 손잡도록 두지는 않을 겁니다. 할머니 마마님의 체통을 지키기 위함이요, 우리 가문의 체통을 지키기 위해 목숨 걸고 나라님을 구할 것입니다. 아버님, 어머님 염려 마시고 칭찬해 주십시오. 혹시라도 제가 잘못되어도 우리 아들 장하다고 쓰다듬어 주십시오.

1964년 6월 3일 새벽 정우 올림

정우 책상 위에서 쪽지를 발견한 사모님은 털썩 주저앉고 만다. 예상은 했지만, 충격이 크다. 터진 울음보를 감당 못하고 있는데 엎친 데 덮치는 격으로 남편이 평소와는 달리 큰 가방을 들고 출근을 하는 게 아닌가. 더 놀란 아내를 다독이며

"오늘 부상자가 많을 것 같아서 외상 치료용 소독제와 항생제 연고 등 외과적 약 좀 준비한 가방이야. 병원에 구비된

것만으로는 부족할 것 같아서야.”

걱정하지 말라고 설명을 하고 나갔다.

아버지도 말리지 못한 정우의 분노는 극에 달했다. 지난 봄 회담의 본질이 변해서 식민지 지배에 대한 배상으로 무상 3억, 유상 2억 달러, 민간 상업 차관 1억 달러의 경제 협력자금으로 변질된 김종필과 일본 총리의 메모가 세상에 알려졌기 때문이다. 이렇게 굴욕적인 회담이었다니….

계엄령이 선포되었고, 무장 군인들이 종로에 쫙 깔렸다. 조상님을 위해 내놓은 목숨 무엇이 두려울까. 총을 들이대며 앞을 막는 경찰이든, 군인이든 오히려 저들이 불쌍타. 나도 입대하면 내 국민을 향해 총을 들어야 할까? 저들도 이 나라 국민일진대 어찌 우리의 앞을 막을 수 있으랴만 그래도 명령을 따라야 하는 입장 아닌가. 정우는 그들 입장을 이해하면서 전진하던 중 총부리의 차디찬 쇠붙이가 목에 닿자마자 전신에 끼친 소름에서 열기가 인다. 걸음을 멈추지 않고 전진 또 전진하면서 외쳤다.

“우리 국왕과 조상의 원수와는 손잡을 수 없다! 국민을 속이고 비굴한 협약을 한 김종필을 끌어내라!”

차디찬 총부리를 맨살 목으로 밀며 계속 전진하자 뒷걸음질로 밀려가던 총을 든 또래 군인의 눈에 눈물이 고인다. 눈이 마주쳤다. 불타는 정우의 눈씨가 바늘처럼 찌르자 감당 못 하던 군인의 전신에 돋은 소름에서 찬 기운이 인다. 어느 길이 정의로움이며 누가 잘못된 행동인가. 두 청년의 가슴이 뛴다. 정우의 가슴은 분노로 뜨겁게 뛰고 있지만, 총을 든 군인의 가슴은 찬 기운이 온몸을 휘감아 후들후들 떨고 있다. 고개를 돌린다. 양쪽 옆의 동료들은 전진인데 자기만 뒷걸음이다. 방아쇠로 간 손가락이 사시나무 떨듯 한다. 하늘이시여! 두 청년의 뛰는 가슴도 눈물도 정의를 향하고 있습니다. 두 청년을 지켜주소서!

　미안하다는 말을 남기고 총부리를 아래로 방향을 바꾸었지만, 너무 밀착된 상태라 총의 방향 돌리기가 쉽지 않다. 다리에 매가리가 풀려 총을 든 청년이 쓰러지면서 총소리는 탁하게 고막을 흔들었다. 정우의 배에서 선혈이 펌프로 물 퍼 올리듯 솟구친다. 쓰러진 군인의 배 위에 정우도 엎어졌다. 피를 쏟는 청년은 누구며, 쓰러져 그 피를 몸으로 받는 청년은 누구인가. 대한민국의 아들들아, 누구를 위해 총을 들었으며, 누구를 위해 맨 목으로 차디찬 총부리를 받으며 외치고 있는가? 너의 나라가 내 나라요, 내가 지키려는 나라가 너의 나라야. 누구의 나라를 위해 목숨을 내놓았는가.

　대기하고 있던 의료진의 응급처치와 동시에 서울대 병원

응급실로 실려갔고, 곧장 응급 수술실로 옮겨졌다. 실려가면서도 외치고 있다.

"원수와 손잡지 마라! 원수에게 속지 마라!"

"지금 출혈이 심하니 말하지 마세요."

거즈 뭉치를 쥔 손으로 출혈을 막기 위해 누르고 있던 간호사의 말은 듣지 못하고 외친다. 이미 의식이 없는 상태지만

"할머니 마마님! 나라를 구해주소서. 왕이 원수에게 속고 있습니다."

다섯 시간이 지났지만, 수술이 진행 중이다.

현우도, 현우 어머니도 수술실 앞에서 안절부절못한다. 하지만 두 손 모으고 앉은 정우 어머니는 눈을 내리뜨고 말이 없다.

내과의사지만 정우 아버님도 집도 교수와 선배들 옆에서 땀을 흘리고 있다. 마취 상태 무의식중에서 나오는 헛소리조차

"왕이 원수에게 속고 있습니다."

소리 지를 때마다 피가 상처 위까지 솟는다. 병원에 혈액

이 모자라 혈액이 도착할 때까지 아버지의 피를 직접 수혈받기도 했다. 대장, 소장 다 꺼내서 아주 여러 부위를 봉합하고 복강에서 총알을 찾아냈다. 복강 내에 쏟아진 장 내용물들을 닦아내고 소독하는 등 시간이 꽤 많이 걸렸다.

　의식을 찾는데 꼬박 여섯 시간이 흘렀다. 사흘 후 중환자실에서 병실로 옮기면서 아버지는 정우의 머리를 쓰다듬는다.

　"장하다, 마마님의 후손. 장하다, 우리 아들!"

　미소를 머금고 병실로 들어서자 TV 화면은 최루탄 연기가 그윽한 광화문 거리다. 두 부자의 눈에는 금세 눈물로 가득하다.

　눈물이라기보다는 마마님의 후손, 두 부자의 진이 아닐까.

대리(代理) 자격

_ 그땐 정말 죽고 싶었다. 두 번이나 실패하고 나니 내 목숨을 내 맘대로 못한다는 걸 알게 되었다. 당시 내 처지를 설명하자면 나는 나무에 묶여있고, 사방팔방에서 불길이 나를 향해 타들어 오고 있는 형국이었다. 그해는 천만 마디 하소연보다 여름밤 시원스레 울어재끼는 풀벌레 울음이 부러웠다. 터질 듯 부풀어 오르며 나를 압박하는 밤의 정적을 깨고 저렇게 거침없이 울어보고 싶었다.

2년 전이다. 병원에서 막내를 낳고 집으로 올 때만 해도 세상을 다 얻은 것 같아 행복했다. 만나는 사람마다 자랑하고 싶었다. 딸 둘에 세 번째는 또 딸일 확률이 높나고들 했을 때다. 아무리 딸이 더 좋다는 세상이지만 은근히 가문의 대는 이어야 된다는 생각에 맘이 무거웠던 중에 대를 잇게 된 책임 완수는 많이 우쭐거렸다. 남편이 외동이지만 부모님께서는 '시대가 변했잖니.' 하시며 아들 강요를 하지 않으시더니 막상 손자를 보시더니 얼마나 좋아하시는지 모른다. 주변 지인들까지 모두 즐거워 보였다. 육아 일기에 참조하라며 담당 간호사가 주는 태아부터 출생까지 기록과 사진을 받으며 고맙다는 인사와 동시에

"우리나라 정말 좋은 나라예요."

라는 말을 거듭했다. 기분이 좋으니까 나라 자랑까지 나온다. 퇴원하고 집에 가는 길에는 하늘도 활짝 열어 파랑 물결이고, 남편의 입꼬리가 귀에 걸릴 지경이었다. 집에 도착해서다. 남편은 아기를 안고 있기 때문에 현관문을 내가 열었을 때 눈에 보이지 않는 어떤 기운이 앞을 막으며 확 떠다미는 것 같았다. 뒤에서 남편이

"왜? 왜 그래? 어지러워?"

할 정도였다. 남편의 얼굴에 눈, 코, 입이 여러 개로 아롱거렸다. 아기의 얼굴조차 또렷하지 않다. 가슴이 철렁했다. 좋은 날 분위기를 위해 태연한 척했다. 산후에 아직 몸이 정상으로 돌아오지 않은 탓이라 여기고 달포 정도 쉬었다가 실내 자전거 타기와 스트레칭 등 나름대로 운동을 하면서 몸보신용 음식을 먹기 시작했다. 먹을수록 매가리가 더 빠

지는가 하면 두통과 피로감으로 간단한 스트레칭조차 못 하게 생겼다. 기운을 못 차리고 몇 달간 드러누워 살다시피 했다. 울 보배 백일파티도 어떻게 넘어갔는지 미안한 마음뿐이다. 일일이 다 표현은 할 수 없고 참고 참으려니 소태같이 쓴 한숨만 터지고, 터진 한숨은 우주도 거부한 듯 도로 내 몸속으로 저미어 든다.

"맨날 그렇게 누워있으니까 몸은 더 가라앉지, 헬스 다닐래?"

"누구는 누워있고 싶어 누워있어! 저절로 픽픽 쓰러지는 걸 어떡해! 나도 미치겠어, 이렇게 먹어대는 데도 14kg 빠졌어. 헬스 갈 기운이 남아있을 것 같어?"

"병원마다 이상이 없다니까 답답해서 그러지!"

부부싸움도 잦아지기 시작했다. 더 힘이 드는 건 온몸이 성한 데가 없이 쑤시고 저리고 따가워서 잠이라도 자고 싶지만, 잠들기도 힘든데 어렵게 잠이 들면 악몽에 시달려야만 했다.

몸으로 오는 고통에 시달리다 보니 정신적 갈등과 고통이 시작되었다. 귀신 꿈을 꾸는가 하면 희한한 일도 있었다.

얼굴도 모르는 시누이가 꿈에 나타나서

"준혁이 낼 출근 못 하게 해. 말 안 듣거든 신발에 소금을 넣어줘."

설명이 필요 없이 결혼을 앞두고 교통사고로 떠났다는 첫째 시누이라는 걸 느꼈다. 내게는 남편이자 시누이에겐 친동생이다. 이유 없이 출근을 막는다고 내 말 들을 사람도 아니지만, 막을 재간도 없어서 양쪽 구두 속에 소금을 몇 개 넣었다. 출근하고 20여 분 후 남편의 전화다.

"여보세요? 이 핸드폰 주인과 어떤 관계세요?"

쿵! 세상이 무너지는 줄 알았다. 병원 응급실입니다. 교통사고입니다. 폰에서 비비적거리며 새어 나오는 소리가 무슨 말인지 제대로 알아듣지도 못한 채 아기를 업고 택시를 탔다.

매일 셋이서 교대로 카풀 형식 출근을 하는데 응급실에는 혼자라 두 사람은 무사하고 남편만 다친 줄 알았다. 남편이 의식을 찾자마자 동료들 안부를 물었다. 옆에 있던 경찰이

"운전하신 분은 목숨을 잃으셨고, 운전대 옆자리에 앉으신 분은 지금 수술 중입니다."

순간 꿈에 나타나셨던 시누이가 생각났다.

"맨날 자기가 앞자리 앉더니 어인 일로 뒷자리 앉았구나!"

"신발에 모래가 자꾸 밟히잖아, 벗어서 털고 있는데 최 팀장 차가 온 거야, 내가 동작이 늦어진 거지."

'하늘이시여.'라고 해야 마땅하지만

"형님, 형님이시여."

형님만 불렀다. 하지만 두려웠다. 굵게 돋은 소름이 딱딱하게 굳는 느낌이다. 남편의 무사함에 고맙다고 해야 되는데 소름이 돋고 무서웠다. 이렇게 꿈이 현실로 오는가 하면, 뒤 달 전이든가 시골에서 시고모님이 오셨다. 정성으로 저녁 식사를 대접하고 과일을 깎아 와서는 나도 모르게 마음이 시키지도 않은 헛소리를 했다.

"아이고 진작에 큰 병원 가보시지 병을 키우셨어요."

했을 때 식구들은 무슨 말인지 몰라 멀뚱하게 바라보는데 고모님께서

"우리 어멈이 전화했구나."

하시면서 내일 입원하기로 예약이 되어있고, 수술 날이 잡혀있으니 큰아범이 모시러 오기로 했단다.

물론 전화 받은 적은 없다. 분명 내 입으로 툭 던진 말이지만 나 자신도 어떻게 된 영문인지 모르는 경우가 잦아지기 시작하면서 두통이 약해지면 온몸을 바늘로 찌르는 듯 따갑고 아팠다. 혼자서 고민할 문제가 아님을 깨닫고 남편과 시어머님께 자초지종 다 말씀드렸다.

"혼자 견디느라 고생했다. 대를 이을 우리 보배랑 이 집이

악연인가보다. 서둘러 이사를 해라."

어머님 말씀대로 서둘러 부동산에 아파트를 내놓고 이사할 집을 물색했다.

남편은 회사 가까워 걸어서 출퇴근하니 좋아한다. 올해 입학하는 첫째는 친구들 낯설어 싫다고 했다. 나는 덤덤했다.

이사는 했지만 달라지는 건 없고, 마지막이라는 마음으로 대학병원에서 전체적인 검진을 했다. 혈압이 살짝 낮은 편이고, 남들이 우려하는 콜레스테롤 수치가 오히려 정상보다 낮다고 한다. 그러니까 고지혈이 아니라 저지혈 증세를 우려해야 된다. 그 외는 아무 이상 없이 모두 정상이다. 이를 어쩌나 싶다.

모유 부족할까 봐 어머님이 수시로 돼지 발을 고아주셨고, 친정어머니는 소꼬리부터 우족 등 몸보신한다고 육류를 참 많이도 먹는데 콜레스테롤 수치가 낮단다. 고통은 날이 갈수록 심해졌다. 에너지 소모는 없이 먹기만 했는데도 저지혈 현상이 온 것은 내가 먹는 것을 몸에서 흡수를 못 한다는 뜻이다. 그렇다면 내가 먹는 영양분은 어디로 빼앗기는가. 어느 구석에 암세포덩이가 자라고 있는가? 혼자서 고민을 하다가 내가 제일 피하고 싶은 신들릴 징조인 것 같아서 옆집 아줌마 따라 교회에 다니기 시작했다.

교회에 가는 날부터 현저하게 느낄 정도로 눈이 침침해지기 시작했다. 교회도 그만두었다. 정신과 병원에 진료를 받으면 기록이 남아서 내 자식들 나중에 혼사에 지장이 있을까 염려되어 심리 상담 교수를 찾아갔다.

한참 동안 경청을 하시더니

"현관에서 어떤 기(氣)에 떠밀리는 것 같았던 것은 갇혀있던 실내 공기가 현관문을 활짝 열자 문이 열리는 쪽으로 실내 공기가 몰린 현상인데 산후 몸이 허한 상태라 좀 오버해서 반응한 겁니다. 남편이 아기를 안았으니 문을 아주 활짝 열었을 것이니까요. 문제는 그 순간부터 본인이 영적인 문제 쪽으로 자꾸 신경을 쓴 것이지요, 누구나 마음을 주는 방향으로 모든 사태가 기울어지는 걸 느끼게 됩니다. 점점 더 신경을 곤두세우니까 몸의 반응도 더 심화되는 것입니다. 이번엔 어떤 증세가 올까 생각하면 반드시 다른 증세가 오는 거지요. 냉정하고 심하게 표현한다면 스스로 증세를 상상하며 기다리는 모양새가 됩니다."

시큰둥하니 마땅찮아 하니까

"요즘 파크골프들 많이 하잖아요. 잔디밭에서 공을 치고

걷는 운동이라 좋아요. 에어로빅도 좋고, 집에서는 하모니카
아니면 클라리넷 같은 악기를 배우세요.”

심리학 교수도 시답잖은 신경성 정도로 치부해 버린다. 실
제로 겪는 두통과 어지러움 등등, 이 고통을 엄살로 보는 것
이 서운했다. 매가리가 다 풀려 기운이라곤 1도 없고, 두통
까지 심해 곧장 드러눕는 나를 골프? 클라리넷? 사람 미치
겠다. 어깨가 너무 아파 정형외과에 가면 차례 기다리는 시
간 동안 언제 아팠느냐다. 그래도 검사를 다 해봤다. 이상
없다.

거리에 오가는 사람들 표정을 보면 행복이라든가 즐거움
보다는 어둠과 분노 또는 근심과 슬픔이 나를 잡고 춤을 춘
다. 불행을 안고 사는 저 집단에 나도 1역을 하는 거다. 피
부가 따가울 때 피부과에 가면 피부색도, 혈액 검사도 다 멀
쩡하다. 두통에 시달리며 종합병원에 가면 CT 촬영에도 이
상이 없단다. 남편도 조금씩 짜증을 내기 시작했다.

친정어머니께서 시어머니를 뵙자고 했단다.
“어멈이 심리상담 교수도 만나보고 교회도 다녀보고 스님
도 만나보고 별짓을 다해도 저 모양이니 본인은 죽고 싶다
지만 죽을병도 아니고요, 온 가족이 못할 짓입니다. 그래서

영검하다는 점술사를 찾아가 봤어요. 이미 시누이님의 혼이 어멈에게 빙의된 상태라 빼도 박도 못하고 받아들여야 한답니다. 이런 경우 극단적인 선택도 이루지 못한답니다. 야도 도저히 견딜 수 없어 나 하나 없어지면 온 집안이 편하겠다는 마음으로 두 번이나 시도했지만, 너무나 뜻밖의 일로 살아나곤 했답니다. 제가 나설 일은 아니지만, 사돈도 내막을 아셔야 할 것 같아서 뵙자고 했어요."

"떨어져 살다 보니 그 정도인 줄 몰랐어요. 결론은 제대로 내림굿을 해야 된다는 거네요. 어멈과 상의해서 결정하겠습니다. 걱정 끼쳐 죄송합니다. 고맙습니다."

시어머님께서 내림굿을 하겠다는 결정을 내리셨다. 나더러 점쟁이가 되라는 것이다. 모든 걸 운명으로 받아들이라는 시어머님의 목소리와 표정은 뼈까지 저리는 독초가 되어 가슴 깊이 옹이로 박힌다. 그만큼 거부하고 싶다는 뜻이다. 어머님은 이왕 이렇게 된 거 큰물에서 크게 놀라고 나라의 행사마다 주 무당이 되시는 만신 김금화 선생님을 어렵게 아주 어렵게 뵙고 오셨단다.

하지만 내 걱정은 따로 있다. 우리 아이들 학교에 가면 점쟁이 딸, 점쟁이 아들이라 놀리면 어쩌나. 엄마가 창피하면 어쩌나. 게다가 어머님 말씀은 누이의 혼을 받아들이면 우리 보배를 할머니 댁으로 보내란다. 신이 너무 쓰다듬으면 아기에게 해롭단다. 만일 내가 점쟁이가 된다면 아이들을 위해서 내가 좀 멀리 떠나서 자리 잡아야겠다.

"왜 하필이면 나야!"

시누이가 원망스럽다. 수없이 도망치려 했지만 나도 제법 센데 나보다 더 센 힘에 의해 붙잡혔다. 그 힘은 이제 영원히 나를 옭아매어 옥죌 것이다. 사람들은 태어날 때 탯줄을 안거나 목에 걸고 태어나지만, 나는 또 하나의 사명을 목에 걸고 태어났나 보다.

나는 영원히 온전한 나일 수 없게 된다. 신의 끈을 놓고 자유를 누리는 온전한 인간도 못되고, 인간을 포기한 신은 절대 될 수 없는 영원한 대리자(代理者).

신이 나를 부르면 대리인이요, 인간이 나를 부르면 대리신이다. 신과 인간이 직접 소통할 수 없어 중재가 필요하단다. 왜 하필 나인가를 거듭하고 있다.

따가운 봄볕이 얼어붙었던 삼라만상을 녹이는 날이다. 가마솥 달구는 냄새가 난다. 내 안의 모든 잡동사니들 꺼내어 달달 볶으면 사라지려나. 담 넘어 살구나무는 연분홍 봄눈을 흩뿌린다. 봄의 신이여, 더께 진 내 비늘도 날려주소서!

남편에게 고했다.

"신을 향한 인간의 소망과 애절한 사연을 신에게 전하는 대리인, 신의 분노와 지시를 인간에게 전하는 대리신, 나는 이제 영원한 대리(代理)다. 여보, 점쟁이라 하지 말고 대리라고 해줘. 아직 발령은 받지 않았지만."

남편도 결심을 굳힌 모양이다.

"이봐요, 김 대리!"

주방에 있는 엄마를 부르는 호칭에 첫째도, 둘째도 어리둥절해 한다. 아이들을 오라고 손짓하더니

"보인이, 보경이 잘 들어. 보배는 이제 할머니하고 살 거야. 이번 주 일요일 내가 데려다주기로 했어."

보배랑 멀리 떨어져서 사는 거 싫다고 지 누나들이 난리법석이다.

"엄마, 취직했어? 김 대리야?"

아빠는 차분하게 설명을 한다.

"우린은 우리 모두 보배와 떨어지기 싫지만, 임마 좀 봐. 먹어도, 먹어도 저렇게 꼬치꼬치 마르고 아프잖아, 뭣이 중하니? 보배는 아주 멀리 가는 것도 아니고 당분간 할머니댁

에 가 있는 거지만 엄마는 저러다가 큰일 나겠어. 엄마의 건강이 더 중요하지 않겠니? 보배는 할머니에게 가고 엄마는 몸을 추스르고 건강을 찾는 것이 급해서 아빠가 고민 끝에 결정한 거야. 그리고 내가 엄마를 김 대리라고 부른 것은 엄마가 아무나 할 수 없는 큰일을 하게 될 것 같아서야. 아직은 교육과정을 마쳐야 발령을 받을 거야. 자세한 것은 나중에 발령받으면 그때 설명하자."

아무리 밀어내도 운명은 나를 점쟁이 되란다. 고통의 한계를 넘지 못해 신 앞에 무릎을 꿇었다. 시어머님 따라 신엄마로 모시게 될 김금화 만신을 찾아가는 날이다. 온 국민이 낯설지 않은 나라의 만신을 신엄마로 모시게 되어 더 조심스럽다.

안내를 받으며 안쪽으로 들어갔다. 많이 연로하신 분이지만 온화함을 기대했는데 화끈하신 분 같다. 느낌에 밝은 어른이시다. 첫 대면이지만 하회탈을 닮은 편안하고 재밌는 미소가 긴장을 풀어준다.

"아무나 신기(神氣)가 있다고 내림굿을 하는 건 아냐. 진짜 신령님의 부름을 받아 신제자의 길을 갈 사람, 즉 신가물이라면 신령님의 뜻을 받들어 내림굿을 해서 신제자가 되는

게야. 허주잡신(객귀) 또는 조상귀가 들어온 조상가물은 신
내림굿 해봤자 소용없어. 그대로 허주잡신 점쟁이가 되는 게
야. 자네가 신가물이면 내가 신명 나게 내려드리지만, 김종
분 자네는 조상가물이야. 시누이를 차마 객귀라 할 수는 없
네. 저승 못 간 객귀 시누이를 보내줄게. 너무 억울해 저승
도 못 가는 누이를 보내고 나면 괜찮을 거야.”

듣고 있던 어머님께서 내가 묻고 싶은 궁금증을 꺼내신다.

“보통 곁가지가 없는 신제자를 선택하는데 내 딸이지만 죽
은 지영이가 조카들이 셋이나 있는 올케를 선택했을까요?”

빙그레 웃고 있던 그분은

“결혼 앞두고 처녀의 부푼 속내를 짐작하겠지? 온갖 상상
과 꿈으로 설레고 달콤한 나날을 보내던 중 교통사고를 당
했으니 너무나 아깝고 억울해서 저승도 못 가고 이승을 떠
돌았어. 와중에 온 가족이 아끼고 사랑하던 남동생이 자기
는 못한 결혼을 하니 자신의 결혼처럼 좋았지. 조카들을 보
니까 너무나 귀엽고 사랑스러워 올케를 졸졸 따라다니며 조
카들 옆에서 놀다가 아들이 태어나면서 젖을 물리고 있는
올케기 힌없이 부리있던 거야. 자기도 아기에게 짖을 뺄리고
싶은 욕망이 생길 수 있잖아. 귀(鬼)는 사람에게 지나친 관
심을 주면 인간세상에서는 해가 되거든. 될 수만 있으면 누

이를 보낼 때까지 아기는 할머니가 데리고 있는 게 좋을 것 같아. 누이가 같이 살면서 지나치게 아기를 보듬으면 아기가 힘들어. 좀 떼어놔야 아기가 편해. 신가물은 인간이 거부하고 말고가 없어. 오직 신제자로서의 길만 생각하며 초월적인 성스러운 존재에 순응해야 해. 헌데 자네는 누이를 해원하고 풀어드림으로 가물에서 벗어날 수 있어. 모래 초아흐렛날이 좋겠네. 누이가 이승에 미련을 씻고 홀홀 저승으로 가도록 길을 터줍시다."

"준비할 건요?"

내 물음에 그분은 처음부터 끝까지 어머님과 상대하시려나 보다.

"어머니와 상의할게요."

사흘 후

별다른 준비 없이 목욕재계하고 굿당으로 갔다. 신애기를 맞이하는 절차가 아니라 귀(鬼)를 쫓아내는 소소하고 간략하지만 생각지도 못했던 굿판이 벌어졌다. 만신 김금화 님의 수제자시라고 소개받은 신제자님의 근엄한 표정에 눌려 움츠리던 종분은 갑작스러운 꽹과리 소리에 놀랐다.

쟁괭괭 괭괭괭 괴괭괭 괘괘괭 괭괭괭.

운명의 늪에서 벗어나는 소리라 생각하니 신명이 난다. '시누이님은 허구 많은 혈연들 다 두고 왜 하필 나를 잡았나이까.' 그런 생각을 하며 여기까지 왔는데 얼마나 다행인가 싶을 때 무당께서 하얀 실 뭉치 같은 종이수술을 들이밀며 종분의 얼굴을 훑어 내린다. 무당의 허스키 목소리가 갑자기 아가씨 같은 목소리로

"그래 그래 미안타 미안타.
어쩌겠나 어쩌겠나.
구여운 울 애기.
젖 먹이고 까꿍까꿍.
옹알이도 하자구나~.
어쩌것나 어쩌것나.
올케가 내 말끼를 잘 먹고
잘 삭히고 잘 내뱉으니
올케야 올케야,
문 닫아라 문닫아라 문 닫어~!
날 쫓아내지 말고 올케야 문 잠가라."

· 대리(代理) 자격 ·

무당께서 많이 힘들어 보인다. 보내기 위해 벌인 판인데 누이의 혼은 오히려 나가지 않겠다고 문 잠그란다. 악을 쓴다. 북소리 꽹과리가 더 우렁차고 표정들이 굳어진다. 무당의 턱에서 빗물처럼 땀이 흐른다. 시누이 혼령과 무당의 기 싸움이다.

두두둥둥 둥둥둥 둥둥둥.
심장을 두드리는 것 같다.
쫴괭괭괭 괭괭괭 괘괘괭괭 괭괭괭.
뇌를 두들기는 것 같은 소리.

"올케야 올케야 억울한 걸 말하자면
나보다 더할 소냐.
시집갈 날 손꼽다가
이 꼬라지 되었다네~.
나보다 더 억울할 소냐.
내 꿈, 내 설렘
다 앗아갔네.
억울하다 억울하다 아아아."

뛰다 말고 갑자기

"이녀언!"

지둥 치듯 하는 소리로 고함을 지르다가 모든 동작이 딱 멈추고 꽹과리도, 북도 멈췄다. 마당의 굿판이 '동작 그만' 놀이처럼 일단 정지다. 제일 당황한 쪽은 주인공 종분이다. 한참을 달싹도 않고 진정시키던 무당이 차분하게 가라앉힌 후 쉰 목소리로

"누이님이 많이 노하셨어. 원망은 금물이거든. 그게 뭐 내 탓인가? 그런 생각한다고 누이님이 노하셨어. 정성으로 누이님의 억울함에 공감하며 안타까워 해야재. 혼이 노하시면 어떤 재앙을 당할지 아무도 몰러. 어쩔 것이여? 중단하든지 정성으로 대접해서 해원하든지 결정하셔. 마음을 다잡아봐. 진행이 안 되잖아."

후다닥 자세를 고쳐 무릎을 꿇은 종분은 시누이 혼령께 두 손 모아 삭삭 빌기 시작하고, 어머님과 친정엄마가 봉투를 하나씩 제단에 놓으며 두 손을 비빈다. 종분은 저런 말이 어떻게 줄줄 나올까 신들린 사람 같다.

　　잘못했나이다
　　잘못했나이다

·대리(代理) 자격·

억울한 성님 심정

생각 못 했나이다

천지신령님이시여

비나이다 비나이다

우리 성님

이승에서 맺힌 한에

저승에도 못 가시는

우리 성님

옥같이 피어나던

우리 성님

꽃 피우지 못하고

서러워라 우리 성님

서러워라 우리 성님

천지신령이시여

억울한 우리 성님

이승에서 맺힌 한

저승에서 다 풀어주소서

편히 떠나게 하소서

잘한다! 잘한다! 여기저기 추임새에 본능적으로 더 신명이

차마 말할 수 없었다

난 것 같았다. 길길이 뛰면서 자신의 입을 통해 쏟아지는 말의 의미를 생각할 겨를도 없이 북장단에 맞춰 줄줄이 흘러나온다.

신바람이 난 무당은 더 뛰고, 양손에 쥔 칼을 더 활기차게 휘두른다.

누이님 누이님

세상에 하나뿐인 동생

구여운 조카들도

잘 있는 거 보셨으니

안심하고 가소서

누이님 누이님

길 열어드릴 때

천궁으로 가소서

대문 열어라~!

무당의 턱에서는 빗물 떨어지는 처마 끝 같다. 돕고 있던 신애기와 주변 분위기가 무겁나. 쌩과리도 북도 힘을 더해 더 요란하다.

널뛰기하듯 뛰던 무당이 갑자기 제단에 놓인 물을 들이키더니 하늘을 찌르던 칼에 물을 품어댄다.

"엇쇠~!"

칼을 삽짝으로 던진다.

칼끝이 정확하게 바깥을 향해 멈췄다. 예쁜 색동저고리 한복에 목과 머리 대신 어린 솔가지를 꽂아 만든 누이 형상이 춤을 춘다. 춤추는 누이 형상을 얼른 안아다가 활활 타고 있는 불구덩이로 던지면서 잘 가라고 하자 모두들 일어나서 잘 가라고 허리를 굽힌다. 색동 한복 시누이 형상은 활활 타오른다. 박수 소리가 요란하지만, 종분은 박수의 의미조차 모른다. 무당이 덥석 종분을 껴안으며

"하도 밀착된 귀기(鬼氣)라 너무나 힘들었지만, 누이님은 이제 저승으로 가십니다. 지질가리도 남기지 않고 귀기를 싸악 몰아냈어. 축하혀. 힘든 만큼 깔끔혀. 아무 걱정 말게."

보통은 객귀라 하는데, 누이님인지라 객이라는 말을 못하고 귀기라 했다. 내가 신가물이 아니라 신애기 될 자격은 미달이고, 귀기(鬼氣)를 깔끔하게 보냈단다. 나는 대리 자격이 없다는 거다.

묘한 일이다. 무슨 말인지는 모르겠으나 마음도 몸도 편안하다. 가볍다. 청량하다. 믿어지지 않는다. 도깨비에 홀린 것 같다. 바로 그때

"도깨비에 홀린 게 아니라 누이님께 홀렸네요."

언제 오셨는지 만신이신 김금화 님이 나오셨다. 마치 내 영혼을 좌지우지하는 것처럼 꿰뚫고 있다. 나랏일부터 전국의 큰일을 하시는 분이라 하도 바쁘셔서 뵙기 어렵다는 분이시다. 그런데 너무 연로하셔서 많이 힘들어 보이신다. 노환이신 것 같다.

"고맙습니다. 고맙습니다. 선생님."

그분은 인자하신 자태로 머리를 한 번 만져주시고 들어가셨다. 친할머니처럼 친근감을 주신다. 팔십 대 중반이시니 많이 노쇠해 보였지만, 다시 보아도 하회탈을 닮으셨다. 굿판으로 누이를 보내신 무당께서 내 손을 잡고

"그토록 싫어하던 점쟁이를 대리라고 변명해 가면서 결심했지만, 자네는 대리 자격이 없네. 제대로 신의 기운을 받고 신가물이 된 자는 신을 거부하고 말고가 없지. 말하자면 선택의 여지가 없다는 거야. 자네는 어머님께서 살린 게야. 존경하는 우리 만신 엄마를 찾아오셨으니 망정이지 자칫 잘못으로 아직 덜 익은 무당을 찾아갔다면 내림굿 해서 망가질 뻔했어. 신가물이 아니고 단순히 조상이 내린 건데 신내림굿을 하면 한마디로 인생 망가진다네."

언제 왔는지 남편과 눈이 마주쳤다. 결혼식 날 반지 끼워

주던 그 행복한 얼굴이다. 고맙소, 마누라가 창피해서 피할 줄 알았는데 예까지 와서 저렇게 밝은 얼굴로 미소를 준다. 안고 있던 보배의 손을 들어 흔들어 준다.

세상이 평화롭다. 집으로 돌아가는 길, 손을 흔들며 배웅하시는 무당과 신애기들이 활짝 핀 봄꽃처럼 고우시다.

비로소 온전하게 가정으로 돌아왔다. 대리가 되어 가족과 멀어지는 줄 알았다.

두 딸은 무엇보다 밝은 표정으로 주방에서 가족을 위해 음식 준비하고 있는 엄마가 신기하다.

"엄마, 안 아파?"

"글쎄다, 아프지도 않고 기분이 좋구나."

보인이가 일어서더니 손뼉을 치며

"보배가 할머니 집에 가는 거만 빼고 우리 집 이제 좋은 일만 일어나는구나. 신난다!"

아빠는 더 신이 났다.

"얘들아, 우리 보배는 할머니네 안 간다. 왜냐면, 엄마가 대리 시험에 낙방했거든."

아빠의 말이 끝나기도 전에 잠자는 보배에게 우루루 몰려가서 뺨에 뽀뽀를 해댄다. 대리 자격이 미달이라 취직이 물건너갔다는데 딸들은 세상에서 제일 기쁜 뉴스다.

"엄마가 아프지도 않고 대리 자격도 없어서 보배가 우리랑 같이 살아도 되는구나. 엄마, 고마워 사랑해. 보배야, 사랑해. 이제 아빠 힘들지 않겠다. 더 좋아. 엄마, 공부하지 말고, 대리도 하지 마."

아이들의 밝음으로부터 행복의 싹이 돋는다.

어머님이 오셨다.

"이 집에 좋은 기운이 흐른다. 생기가 있다. 어멈 먹으라고 종합 비타민 사 왔다. 영양제보다 비타민이 더 필요할 거야. 고생했다. 고맙다. 어멈 덕분에 지영이가 비로소 저승으로 가게 되었다니 한시름 놓았다."

"고맙긴요 어머님. 저는 대리 자격도 없다는 걸요."

참으로 밝은 가족의 웃음꽃이다.

대물림 연모(戀慕)

골수에 사무친 증조부의 연모 증손자가 꽃피웠다

_ 한반도는 지형으로 볼 때 대부분 강이나 큰 내가 북에서 남으로 흐르거나 태백산맥을 중심으로 서쪽은 동에서 서로, 동쪽은 서에서 동으로 흐른다. 그 반대 방향으로 흐르면 마치 자동차의 역주행 같은 느낌이 든다. 예부터 큰 내가 역으로 흐르는 지역의 사람들이 드세다고들 하지만 내가 아는 경북 영천도, 충북의 중심 청주도 인심 좋은 양반 도시로 알고 있다.

맑은 고을 전원도시 한가운데를 가로질러 남에서 북으로 흐르는 무심천은 청주의 상징이기도 하다. 맵고 쓴 사연들이 켜켜이 쌓여도 속내를 보이지 못한 채 돌멩이에 화풀이하며 흐르는 물줄기가 중원의 백성들 팔자와 닮았다.

고대 역사를 돌아보면 유난히 수난을 많이 겪어야 했던 중원의 사람들은 언제 어디서나 동당거리지 않고 속내를 잘 내놓지 못했다. 그것은 권력의 쟁탈 전쟁으로 인해서 백성은 눈치껏 살아야 했기 때문이었다. 한바탕 전쟁이 휩쓸고 나면 고려인이 되었으니 '고려에 충성하라.' 하고 또 한바탕 태풍이 지나면 '신라 백성이다.' 하니 목숨 걸고 백제를 두남 둘 수 있을까. 나서봤자 하등동물처럼 목숨만 짓밟히고 말 것이라는 것을 안다. 표현의 자유를 가두고 벙어리 냉가슴으로 살아온 중원의 사람들이다. 그 관습은 세월조차 한통속이 되어 후손들도 모든 일상생활까지 그렇게 벙어리 가슴이 되어버렸다. 오죽하면 냇물조차 차라리 무상천이라 했을까(당시는 무상천이었음). 남의 속도 모르고 타 지역 사람들은 멍청도라는 별명까지 붙여놓고 개구지게 번죽거리기도 했다.

무상천을 안고 청주는 양반 고을임을 내세우며 바깥세상을 외면하다가 개화 시기가 조금 늦어졌다고 들었다. 덕분에 우준영은 전원도시가 좋다. 프랑스에서 태어나고 자랐지만 내 조상의 나라 조선을 얼마나 사모했던가. 청주의 역사와 전통 풍습에 대해 얼마나 열심히 공부했는지 모른다. 건너편 방천 넘어 절 지붕을 바라보는 우준영은 만감이 교차한다.

1866년 천주교 병인박해 때 14세 우만석은 몇 차례 신부님들을 구해드린 인연으로 이듬해 불랑국까지 피신을 가야만 했다. 떠나지 않으면 연모하는 정녀아씨가 위험해진다니 선교사님을 따라갈 수밖에 없었던 우만석 그분이 우준영의 중조부님이시다. 산 설고 물만 설다면 그나마 견딜 만하겠는데 사람들의 모양새도 다르고 말도 통하지 않는 구만리 타국이다. 자나 깨나 연모하는 정녀아씨를 가슴에 품었기에 용기와 희망을 놓지 않을 수 있었다고 하셨다.

우만석의 일기장엔 외방선교회에서 본인이 원한다면 마카오 신학교로 가서 신부님이 되는 수업을 받을 수 있다고 했지만, 조상부터 불교 집안이라고 솔직하게 말했다. 하지만 연모하는 정녀 님을 지켜 드리기 위해 정묘(1867)년에 큰 바다를 건너고 큰 대륙을 넘어 백인들이 살고 있는 구만리길 불랑국이라는 나라로 간다고 적혀있다.

1866년 병인년에 조선의 천주교 박해는 잔인했다. 열네 살 우만석은 포졸들에게 쫓기고 있는 두 신부님을 낙가산 숲속 작은 토굴로 안내해서 은신시키고, 그분들의 서찰과 음식을 전했다. 그리고 이듬해, 서로 연모를 품고 있는 정녀아씨가 신도들과 쇠내골 어느 집에서 미사 예배드리고 있는 중, 포졸들이 그 장소를 찾고 있는 것을 목격했다. 있는 힘

다해 뒷길로 달려가서 신부님들과 신도들을 구했다. 그 사실을 관아에서 알고 우만석을 찾는 방이 붙었다. 잡히면 바로 처형이니까 외방 선교회 신부님들이 불랑국으로 가도록 주선했지만, 정녀아씨를 두고 갈 수가 없었다. 신부님께서 말씀하시기를

"우만석을 찾기 위해 한정녀 님도 관아에서 가만두지 않을 것입니다. 먼 나라 불랑국으로 간다는 서신을 한정녀 님께 보내고 떠나세요."

신부님 말씀 듣고 아씨를 위해 떠나기로 결심했다. 떠나는 날 정녀 씨 댁 머슴에게 서찰을 전했다.

"관아에 불려 가면 고분고분 이 쪽지를 보여주래유. 작년에 보고 못 봤다고 하래유. 그라먼 아씨가 고문은 피할 것이라던데유."

머슴이 전해주는 서찰에는 부러 불교 집안을 강조했다.

「미안합니다. 한없이 미안합니다. 그동안 잘 계셨는지요. 해가 바뀌어도 오랫동안 아씨를 뵙지 못한 것은 내가 어느 신부님을 은밀한 곳에 은둔시켰다가 모국으로 가시도록 도왔기 때문이오. 우리는 불교 집안이시만 우선 사람을 살리자는 마음이었소. 아씨께서 이 서신을 받으실 때쯤이면 저는 이미 내가 구해드린 신부님 따라 청나라에 도착할 겁니

다. 청나라를 거쳐 구만리 길 불랑국으로 갑니다. 이제 우리는 서로 연락도 할 수 없습니다. 그대에게 부처님의 광영이 깃들기를 바랍니다. 사모합니다. 영원히, 영원히 이 목숨 다하는 날까지 사모합니다. 우만석 드립니다.」

정묘년 3월에 떠나 청나라에서 기다렸다가 5월에 외방선교회 주선으로 불랑국 상선을 탈 수 있어서 8월 초하룻날 도착했다고 쓰셨다. 이렇게 1867년 열다섯 살 우만석이 프랑스에 안착한 것이다. 일기장에는

「큰 배에서 내렸는데 항구에 배가 하도 많아서 세계의 배가 다 모인 것 같았다. 신부님께서 내가 못 알아들으니까 또 박또박 한 글자씩 말해 주셨다. "마 르 세 유." 마르세유라는 도시인데 불랑국에서 두 번째로 큰 도시라고 했다. 신부님 따라 산은 아니지만, 동산처럼 높은 지대에 있는 대성당으로 가서 낯선 분들과 알아듣지도 못하는 인사를 했다. …」

이렇게 일기를 쓰셨다. 훗날 자식들이 여기까지만 봐도 얼마나 막막하셨을까 짐작이 되었다.

단 한 시간도 정녀아씨를 잊은 적 없을 뿐 아니라 몸은 성당에 있지만, 새벽마다 청주 용화수에 묻혀있는 미륵불을 연상하며 아씨를 위해 기도하는 나날이었다고 했다. 우선

언어가 통해야 학교엘 갈 수 있으니까 불랑국 언어 공부가 제일 어렵다고 하셨다. 청소 등 예배 당일을 하시는 과정도 기록하셨다. 기대 이상의 대우에 부담스러워 더 성심껏 일을 하셨단다. 불랑국 말을 배우기 위해 기숙학교에 들어갔는데 1년 반이 지나서 정식으로 중학교에 준하는 가톨릭 학교에 입학했고, 열심히 공부하고 일하고 또 공부하고 일하는 노력으로 천주교 산하 시설에 취직도 했다.

「이 나라에 온 지 겨우 3년 지났지만, 학교에서 성적이 좋으니까 인기도 좋다. 오늘은 왕을 뽑는 날이다. 이 나라는 왕을 백성들이 투표라는 것을 해서 뽑는다. 신기하다. 신부님 말씀이 나도 내 자식들도 공부 많이 하고 훌륭해지면 왕이 될 수 있단다. 이상한 나라다. 나는 아직 나이가 모자라서 투표할 수 없지만, 다음에는 할 수 있단다. 내 손으로 이렇게 큰 나라의 왕을 선택한다. 매사 신기한 일이 많다.」

언제까지 신세 질 수는 없어서 가슴엔 정녀아씨를 품고 신부님이 소개하신 조선 여인과 혼인을 할 수밖에 없었다.

1910년 조선이 일본의 식민지가 되었다는 신문기사를 본 우만석은 정녀 님 걱정에 안절부절못하다가 정녀 님 모시러 조선에 가겠다고 결심했지만 지금 당장은 상선을 탈 수 없고, 일반 여객선을 타고 가려면 수에즈 운하가 있는 이집트로 가서 또 이름도 들어보지 못한 여러 나라를 지나 (스리랑카, 싱가포르 등등) 홍콩에서는 청나라를 거쳐야 되는데 언어도 통하지 않지만, 입국이 허락되지 않는 나라도 있다는 신부님 말씀 듣고 쓰러졌다. 겨우 58세에…. 그때 남긴 유언이 대물림 연모의 씨앗이 되었다.

"조선말과 글 그리고 조선 역사는 우리의 혈맥이다. 절대 잊지 말거라. 정녀아씨가 나 때문에 젖먹이 딸아기만 데리고 소박 당했다니까 하도 사무쳐서 숨이 막힌다. 가슴에는 나 우만석을 품고 시집을 가야 했던 아씨 생각하면 기가 막힌다. 애간장은 물론 뼈까지 녹아내리는지 몸을 움직일 수가 없구나. 그분과 여식을 꼭 찾아서 내 피붙이처럼 사랑하고 아껴 드려라. 꼭이다. 꼭 당부한다."

아버지의 손을 잡고 임종을 지켜보던 아들 철진은 무언가 가슴을 꽉 메우는 듯 심장을 압박한다.

억장이 스르르 내려앉는 부친의 유언을 안고 우철진도 아버지 못지않게 딸아기 데리고 어디서 어떻게 살고 계실까 애를 태우기 시작했다.

마르세유에서 태어나 이곳에서 자랐지만 생판 다르게 생

긴 사람들이 동양인을 조선에서 양반이 천민 대하듯 한다. 다행인 것은 여기 마르세유는 여러 인종이 있다. 아시아인들도 심심찮게 본다.

아버지의 한글 일기장에 정 붙이고 산다. 청주의 무상천 돌다리를 건너다니던 고향 이야기가 녹아있고, 정녀아씨와 정을 나누시던 사연들이 녹아있는 이야기 보물이요, 연모의 샘물이다. 보고 또 보다가 연모의 샘물에 빠지고 만다. 청주의 그분 따님도 이제 어른이 되었으리라. 철진과 비슷한 세대일 것이라는 상상을 하며 자신도 모르게 은근히 정녀 님 모녀를 흠모하게 된다. 아무리 성당 신도들과 신부님, 그리고 학교에서 좋은 대우 받고 처자식까지 있지만 영혼의 안식은 아버지 일기장이다. 아버지의 유언만 생각하면 속에서부터 뜨거운 기운이 치솟는다. 전신을 감아 돌듯 뜨겁고 절절한 전율이 흐른다.

이 무슨 변고인가. 1945년 조선의 해방 소식에 이제 드나들 수 있겠다는 희망으로 기회를 찾던 중 우철진은 1950년 한국전쟁 뉴스를 접하고 쓰러지고 만다. 전쟁터가 되었을 청주의 두 모녀를 생각하면 억장이 무너져 목구멍을 먹었는지 숨이 막히고 말소리도 안 난다. 해방되었을 때 다녀올 걸, 가슴을 친다. 아들 길중에게

·대물림 연모(戀慕)·

"네 할아버지의 한이 곧 나의 한이다. 꼭 풀어다오. 딸아기 안고 소박 당하신 그분 생각하면 눈을 감을 수가 없다. 애간장이 다 녹아내린다. 길중아, 꼭 찾아서 가족이 되어야한다."

매일 항구에 나가셔서 아시아로 드나드는 상선이 올까 살피시던 우철진은 부친과 같은 연모와 같은 한을 품고 돌아가셨다. 소원을 넘어 한이 된 것이다. 67세에 생을 마감하신 거다. 아들 길중은 아버지의 한을 알고 있다. 유명 대학이 있는 파리 쪽으로 옮기고 싶으면 그렇게 해준다는 선교회의 주선도 마다하시고 여기 마르세유에 머무는 이유는 아시아 쪽으로 오가는 선교회 신부님들이 반드시 이곳 항구와 대성당을 경유하기 때문이다.

불랑국에서 태어나 줄곧 학교에 다니고 완전 불랑국인이 되어 살고 있지만 우길중 역시 모양새가 다른 사람들이 설기만 하고, 동양인은 레벨이 낮은 이방인 취급이라 더 정을 못 붙인다. 그런저런 환경들로 인해 만 자, 석 자 쓰시는 조부의 일기장은 바로 고향이요, 조상의 품이 될 수밖에 없다. 절절하게 연모하는 그분을 위해 먼 타국으로 와야 했던 조부님의 속가슴이 얼마나 찢어지는 듯 아프셨을까. 온몸과 영혼을 다 바쳐도 그분만 무사하기를 빌고 또 비는 조부님이었다. 그분 한정녀 아씨만 아니었어도 사형이 두려워 이국땅으로 떠나오진 않았을 것이다.

아들도, 손자도 가보로 여기며 보듬고 있던 일기장에서 절절한 연모의 사연과 고향 그리는 심정을 볼 때마다 자신도 모르는 막연한 연모의 싹이 움트기 시작했다. 움이 트고 싹이 자라서 막연한 게 아니라 속속들이 조선의 청주 어딘가에 살고 있을 그분 모녀를 설레며 그리워했다. 애간장 녹이는 연모, 하도 설레며 읽고 또 읽어서 일기장을 만지기만 해도 자릿한 전율이 인다는 절절함은 대물림이 되고 있다. 만자, 석 자 쓰시는 우준영의 증조부는 물론 조부 철진도, 아버지 길중도 타국에서 힘들고 외로운 날은 청주의 그분 생각만으로도 위로가 되었다고 하셨다. 타국도 일반적인 타국이 아니고 동양인을 저급한 이방인으로 인종 차별하는 서방 선진국이니 그 소외감은 더 고향과 그분들이 그리웠을 것이다. 그리고 오기로 더 열심히 공부해서 실력으로 백인을 앞질렀다고 했다.

나라의 아픔은 곧 가문의 아픔이었다. 조부는 조선이 일본의 식민지가 되었다는 소식에, 아버지는 한국전쟁 소식에 충격으로 돌아가시게 되었으니 말이다.

·대물림 연모(戀慕)·

71

1953년에 한국전쟁의 휴전이라는 신문 기사를 보고 이듬
해 우길중은 선교사님들 따라 한국에 다녀오셨지만, 정녀
씨 가족을 찾지 못했다고 했다. 전쟁 전까지만 해도 신부님
들이 가끔 그분들이 신부님을 찾아오셔서 소식을 접할 수
있었는데, 소식이 끊어졌단다. 폐허가 된 조선의 상황을 보
고 온 우길중은 더 궁금하고 더 걱정이다. 그나마 망가진 한
양에서 놀란 가슴, 청주에서는 전쟁이 심했던 것 같지 않아
서 한걱정 놓았다. 제발 무사하소서!

그렇게 다녀오시는데 거의 반년이 걸렸다. 그나마 선교사
님들과 신도들이 계속 알아보겠다는 약속을 하셨다며 희망
을 놓지 않으셨다.

조부님의 한이요, 부친의 심층 깊은 곳에 앙금처럼 가라
앉아 있는 청주의 그분. 무사하신지 소식만이라도 들으면
여한이 없을 것 같은 마음이다. 조부님도, 부친도 결국 뵙지
못했다. 자신도 부친처럼 얼굴도 못 보게 될까 봐 선교사들
의 소식만 기다릴 수는 없어 조선으로 가기 위해 휴가 신청
해 놓고 상선 출항만 기다리던 중 한정녀 님 가족을 찾았다
는 소식이다. 이웃들은 전쟁 중에 남으로, 남으로 피난들 갔
지만 한정녀 님의 딸, 그 딸의 딸은 피난도 가지 않고 먼 나
라에서 오실 분을 기다리느라 청주에 계셨단다. 정녀 님의

외손녀가 프랑스에서 오신 선교사를 열심히 찾아다니며 안부를 여쭈었단다.

길중은 우리를 기다리셨다니 미안하기도 하지만, 좋아서 날아갈 듯 들떠서 선교사를 따라나섰다. 세상을 다 품은 듯 설렌다.

우만석의 손자 우길중이 한국으로 갔을 때 한정녀의 손녀 이은숙 씨는 재무부 전매국(전매청)에 근무하는 신여성이었다. 듣고 보니 우리와 너무나도 흡사하게 연모를 안고 불랑국의 소식에 신경을 곤두세우고 있었단다.

"신부님들 주선으로 불랑국에 계시는 우 선생님 댁 소식은 들었어요. 저희 할머니께서 우 도련님은 오직 나를 살리기 위해서 구만리 타국으로 가셨다고 가슴에 대못이 박혔답니다. 일기장이라기보다는 편지글이 하도 절절해서 어머니도, 저도 읽을 때마다 울었어요. 구구절절 '우 도련님 건강하소서! 제발 용기 잃지 마소서! 건강 잃지 마소서!' 했거든요."

듣고 있던 우길중은

"저희도 조부님 일기장은 생각만으로도 전신에 열기가 돋았어요. 조부님도, 아버님도 대한민국의 위기 때 쓰러지셨어요. 청주의 가족들 걱정 때문이지요. 두 분의 유언이 청주 분들을 가족으로 생각하고 아끼고 정을 나누라는 것입니다. 증조부님은 당신 때문에 아씨가 딸아기만 안고 시댁에서 소박 당하셨다는 소식을 신부님으로부터 전해 듣고 골수에 사무친다고 하셨어요. 어떻게든 살아서 그분 모녀를 책임져야 된다고요."

우리 가족의 연모는 세상 사람들이 말하는 그런 사랑과는 다르다. 세상 누구도 흉내 낼 수 없으며, 세상 누구도 따를 수 없는 깊고 깊은 연모, 책임감과 의무까지 함축된 연모. 미안함이 넘쳐 죄책감까지 포함된 연모. 세상에 이런 무거운 연모는 없다.

"할머니께서는 자신을 살리기 위해 말도 통하지 않는 구만리 낯선 나라로 떠난 우 도련님만 생각하면 심장에도 소름이 돋는 것 같다고, 그 소름 하나하나마다 불이 난 듯 뜨거운 열기가 인다고 쓰셨어요."

한편,

자신 때문에 젖먹이 아기 데리고 소박당한 아씨를 생각해 보라. 어찌 애간장만 녹겠는가. 구해야 된다는 책임감은 엄청난 용기와 힘이 솟는다. 그분만 생각하면 심장이 튀어나올 것처럼 나대고 겨울에도 아지랑이가 보인다는 대목을 읽을 때는 따라서 사연을 읽는 자신도 가슴에 아지랑이가 피어오른다고 했다.

은숙 씨를 만난 후

길중은 조부의 유언이 더 가슴에 박혀서 기도 했다.

"할아버지, 할아버지의 유언을 못난 저의 불찰로 지키지 못했습니다. 증손자 준영은 지킬 수 있도록 인도해 주소서!"

전쟁으로 인해 한국의 모든 면모가 너무나 폐허 같지만 그래도 은숙 님은 신여성으로 잘 살고 계시는 상황을 확인했기에 한결 마음이 놓인다고 하셨다.

게다가 조상의 돌봄인지 이은숙 님에게 아들과 딸 남매가 있고, 첫째가 딸인데 청주교육대학에 입학했다고 한다. 준영이보다 세 살 아래다. 믿기지 않을 만큼 다행이다. 아마 증조부님의 영혼이 우리를 한 가족으로 엮어주기 위해 애쓰신 인연인가 보다.

늘 그리움으로 설레며 가보고 싶던 무상천이 무심천으로 명칭이 오래전에 바뀌었단다. 그보다 더 아쉬운 것은 증조부님의 사연이 숨구멍마다 스며있을 돌다리가 제방공사로 인해 매몰되었다는 상황은 우리 가족에게 충격적인 일이었다. 아씨를 만나려고 설레며 건너던 돌다리, 내일을 약속하며 돌아서 건너오시던 돌다리가 증조부님의 추억만 일기장에

남겨놓고 매몰된 것이다. 돌다리 하나에 연모를 새기고 다음 돌에도 미래의 꿈을 새기며 건너시던 징검다리 생각만으로 덩달아 설레던 우길중이다. 꼭 건너보고 싶던 돌다리가 사라진 것이다. 남석교라는 다리가 놓였다는 사실에는 관심조차 없다. 증조부님이 오밀조밀 새겨두신 그리움과 연모를 안고 매몰된 그 돌다리가 너무나 아쉽다. 보고 싶다.

  1970년이다.

  증손자 우준영은 파리대학교 수사학과를 선택할 때 가슴 밑바닥에 버캐진 동양인이라는 열등의식을 백인들보다 우위에 올라 지우고 싶었다. 그랬지만 그녀와 함께하기 위해 대한민국의 대학에서 강의를 하겠다는 꿈이 생겼다. 그래서 영국의 옥스퍼드 대학원에서 교육학을 연구하기로 했다. 입학 수속만 해놓고 바로 휴학계를 제출했다. 봄날, 그간 서신으로만 주고받던 미경 씨를 만나기 위해 조선이 아닌 대한민국 청주에 왔다. 증조부께서 혼불을 태우신 그분의 피와 살을 이어받은 손녀니까 보듬고 사랑할 것이라고 다짐했다. 매일매일 수도 없이 사진을 보고 또 보던 미경 씨를 오늘 만난다. 가슴이 띈다. 오죽하면 휴학을 하고 왔을까. 그나마 어른들과는 달리 항공으로 일본을 경유해서 한국으로 올 수 있어서 좋다.

방천에는 프랑스에서 볼 수 없는 많은 사람들의 북적거림이 제대로 사람 사는 곳인 것 같다. 내가 자란 프랑스 마르세유에서는 물론이요, 대학 때문에 몇 년 살았던 파리에도 국가 차원의 큰 행사나 축제도 아닌 보통 날에 이렇게 많은 사람들을 본 적이 없다. 서로를 축복하고 축복받는 아름다움이 곰살궂게 익은 봄이다. 사람들의 모양새가 나와 같지 않은가. 어찌 반갑지 않으랴. 검은 머리카락 검은 눈동자에 적당히 낮은 키, 모두가 일가친척 같다.

세계적인 명성을 안고 서정성이 넘쳐흐른다고 여겼던 세느 강변에서는 이렇게 사람과 사람 사이에 정이 피어오르고 행복에 젖는다는 것은 상상도 못 했다. 센강변에는 춤과 음악을 즐길 수 있는 공터를 군데군데 마련해 놓았지만 차원이 다르다. 해 질 녘이면 산책 나온 사람들이 버스킹 연주를 듣기도 하고, 열중해서 스케치하고 있는 무명 화가들을 힐끔거리기도 하지만 이렇게 화기애애한 모습은 볼 수 없다. 내 조상의 고향 무심천 개나리와 벚꽃 사이로 사람들의 정이 는개처럼 흐른다.

방천에 앉아 증조부의 일기를 구절구절 암송하며 미경 씨를 기다리는 우준영은 가슴이 설레다 못해 요동친다. 흘

·대물림 연모(戀慕)·

날리는 꽃잎을 왜 꽃비라고 하는지 알겠다. 방천에 뭉게구름처럼 흐드러진 벚꽃들이 가장이를 간질이며 장난치는 산들바람 때문에 꽃비를 뿌린다. 그 행복의 비를 맞으며 그녀가 왔다. 양쪽이 모두 한눈에 알아보았다. 둘이서 꼭 잡은 손 사이에 낀 꽃잎 하나가 으깨질 지경이다. 낮은 하늘에서 춤추는 꽃잎과 방천의 노란 개나리, 두 연인의 활짝 핀 미소와 밉지 않게 수다스러운 냇물까지 천국이 이렇게 아름답고 사랑이 피어오를까. 무릉도원이라는 단어보다 '무심방천'이라고 해야 될 것 같다. 참 평화롭다. 행복하다. 하늘이시여! 고맙습니다. 우리의 나라 우리의 고향이 참으로 아름답습니다.

"한 번도 본 적이 없는 민미경 씨, 낯설지 않아요. 당신을 멀고 먼 이국땅에서 연모한 내가 자랑스럽습니다. 청주라는 곳이 이렇게 아름다운 곳임을 어떻게 자랑해야 만방에 알릴수 있을까요?"

우준영은 자신에게 이렇게 황홀한 삶이 올 줄 몰랐다며 어쩔 줄을 모른다.

준영은 가족의 삶에 에너지가 된 증조부의 일기를 자랑하고, 미경 씨는 증조모 한정녀 님의 편지글을 자랑한다. 그때 그 아기는 어느 점잖은 댁에서 양녀로 데리고 가고, 증조모님은 평생을 암자에서 살다가 돌아가셨다는 소식을 알고부터 아버지는 죄책감까지 안고 양녀로 갔다는 그 딸을 찾기 위해 기도하고 애태우셨다.

미경 씨도 마찬가지다. 증조할머니의 글, 우 도령을 사모하는 편지글을 외우다시피 한단다. 빠져들다 보니 무의식중에 자신도 얼굴조차 모르는 분을 그리며 설레고 있더란다. 사람이 얼굴도 모르는 사람을 이토록 절절하게 연모할 수가 있구나, 누군가를 그리워하며 사모하는 마음이야말로 순수한 행복이라는 경험을 하고 있었다며 얼굴을 붉힌다. 듣고 있던 준영은 증조모님이 갑자기 불쌍해진다. 가슴에 연모를 품은 채 다른 분의 품에서 아이를 낳았고, 가슴에 천주님을 품고 절에서 부처님께 절을 했던 여인.

"증조부님은 함께하지 못한 사랑이지만 후대에라도 꼭 맺을 수 있는 인연이 되기를 조선의 용화수에 묻혀있는 미래불을 향해 빌고 빌었다고 적혀있어요. 당시 어른들의 구전으로 전해오는 설에 의하면 용화수에 미래불이 묻혀있는데, 믿음을 가지고 빌면 꼭 꿈이 이뤄진다는 선설을 증소부님은 확신하신 것이지요. 저 건너 용화사에 모신 미래불을 보고 싶어요. 부모님과 조상님의 기도를 받아주신 미래불요."

미래불 덕분에 이렇게 미경 씨의 손을 잡는 영광을 차지하게 되었다며 우준영은 활짝 웃는다. 기도는 조상이 하시고 축복은 손자가 받았다고.

"천주교 신도 아닌가요?"

"증조부님께서는 조상 대대로 불교 집안의 장손입니다. 앞서 말한 것처럼 신부님들과 인연이 깊었던 관계로 아버지와 저는 천주교 신도가 되었지요. 신기해요. 구전으로만 전해오던 그 용화수라는 웅덩이에 묻혀있다는 미륵불이 진짜 있었어요. 미경 씨, 저 용화사에 모신 미륵불에 관한 이야기 들어보셨어요?"

"무슨 예긴지 모르겠습니다."

"증조부님께서 믿고 기도했다는 미륵불요. 저기 용화사에 모셨어요. 절의 뒤쪽 얼마 떨어지지 않은 곳에 가면 용화수라는 웅덩이가 있는데 훗날을 꿈꾸는 이에게는 이정표를 주고 사랑하는 이에게는 사랑의 연결 고리를 이어준다는 미래 담당 미륵불이 묻혀 잠자던 곳이 있답니다. 지금은 저기 용화사에 모셔졌어요. 기록에 있어요."

"청주의 옛이야기를 한국에 처음 오신 분에게 듣는군요. 들려주세요."

"1901년 고종 때요, 고종의 후궁인 엄비께서 잠깐 잠이 든

낮잠에서 꿈에 천지가 요동치는 소리에 놀라 나가보니 일곱 선녀의 부축을 받으며 무지개 속에 나타난 미륵께서 하는 말이 '우리가 어려운 처지에 놓여있으니 절을 지어서 우리를 구해 달라'고 하며 자세한 것은 청주 군수에게 물어보라고 한 뒤 미륵은 서쪽으로 사라졌답니다. 엄비로부터 꿈 얘기를 들은 고종은 청주 군수 이희복에게 어명을 내려 알아보라고 했답니다. 신기하게도 청주 군수 이희복도 같은 날 비슷한 꿈을 꾸었는데, 미륵불이 서쪽 용화수를 알려주었답니다. 필시 무슨 사연이 있음을 짐작하고 꿈에 알려준 대로 사람들을 보냈더니 큰 못이라기보다는 늪이 있어서 물을 퍼내고 보니 과연 일곱 기의 석불이 묻혀있더래요. 보고를 받은 궁에서는 엄비가 내탕금을 내려 절을 지어 일곱 석불을 모시라 지시를 했고, 명을 받은 청주 군수는 상당산성 안에 있는 보국사를 헐어 바로 저기 절 지붕 보이지요? 저 절을 짓고 미륵불을 봉안했답니다. 미륵불이 묻혀있던 용화수의 이름을 따서 용화사라고 했답니다."

미경이 감탄하는 것은 얼마나 모국을 그리며 청주를 공부했으면 저렇게 청주에 대해 아는 것이 많을까 싶다.

"저는 청주에 살면서도 자세한 내용은 모르고 있었어요. 그리고 석불을 셀 때는 단위가 '기'예요?"

· 대물림 연모(戀慕) ·

"실은 나도 무슨 말인지 몰라서 한글 사전 참 많이 뒤적였답니다. 결국, 이유도 모르고 그냥 서적에 그렇게 기록되어 있으니까 기라고 했어요. 본디 우리말에는 부처를 셀 때는 '좌'라고 되어있어요. '구'는 일본 영향이라 안 쓴다고 했어요."

"어릴 때부터 할머니의 손잡고 용화사 미륵불에 자주 온 적이 있어요. 할머니께서도 미륵불이란 미래를 열어주는 부처님인데 지극정성 기도하면 꼭 꿈은 이루어진다고 하셨어요. 미래불인 미륵불의 영향력으로 무심천 방천에 벚꽃이 흐드러지게 피었을 때 꽃비를 맞으며 미래를 약속하면 그 사랑이 꼭 이루어진답니다. 그래서 연인들이 무심천 벚꽃이 피기를 기다린답니다. 멀리 호남지역 젊은이들, 부산, 서울, 강원도에서도 온답니다. 그러니까 저렇게 인산인해지요."

용화사 미륵불님이 미래를 열어주시는 신통함을 지니셨고 지켜주시기 때문이라는 전설 같은 이야기를 퍽 진지하게 말하며 미경은 무언가 생각에 잠긴다. 나도 해마다 여기에 와서 빌었는데….

준영은 어른들의 정성이 담긴 기도 덕분에 우리가 이렇게 만난 것이라고 생각했는데 미경 씨의 기도까지 보탬이 되었다며 활짝 웃는다. 증조부님께서 내가 이루지 못하면 후손대에서라도 꼭 정녀 님의 피붙이와 우리의 피붙이가 가족 되기를 간곡하게 기도 하셨다는 걸 동화처럼 전했다. 할아버지들은 멀고 먼 타국이지만 마음만은 늘 미륵불을 향해 기도를 하셨다고 했다.

"貞 자 女 자 쓰시는 민 선생님 증조모 이야기 좀 듣고 싶군요. 프랑스에서 듣기로는 아들은 시댁에 두고 딸만 데리고 나오셨다지요? 그 소식 듣고 증조부님께서는 당신 때문이라는 죄책감으로 한국에 가서 두 모녀 모시고 오겠다고 나서시다가 쓰러지셨고, 그다음 날 한을 안고 세상을 떠나셨습니다."

"저도 들었습니다. 그때 증조할머니께서 안고 나오셨다는 딸이 제 외할머니십니다. 증조할머니는 그 시대 드문 분이라고 할까요, 결혼 전 절절했던 연모를 밤마다 글로 남기셨답니다. 그러다가 부모님의 걱정을 견디지 못하고 거의 강제로 시집을 갔는데 남편은 아내 가슴에 묻은 사랑을 알고 있었고, 그 시대에는 아주 큰 흠이 되었지요. 그래도 이해하려고 노력하면서 아들딸 낳고 살다가 어느 명절날 증조부님이 처기에서 결혼 진 아내의 편지 형식으로 쓴 글을 보시게 되었고, 아무 말씀 없이 조용히 젖먹이 딸과 아내를 친정에 두고 아들만 데리고 가셨답니다. 지금 우리는 일기장이라고 하지

· 대물림 연모(戀慕) ·

만 내용은 연모하는 사람에게 보내는 편지글이더군요. 처음엔 달보드레한 감정을 표현하시다가 날이 갈수록 절절하고 한이 되는 내용이더군요. 젖먹이 아기를 안고 친정에 눌러앉을 수도 없고, 낙가산 보살사로 가셨나 봐요. 몇 년 후 그 젖먹이가 참하고 영특한 아이로 자라자 신도분이 양딸 하겠다고 데리고 가서 조신하게 잘 성숙하셨답니다. 가끔 친어머니가 계시는 암자에 갈 때마다 어머니의 보따리, 한으로 뭉친 편지 보따리를 풀어보면서 울기도 많이 울었답니다. 딸의 가슴에는 언제나 친어머니의 한이 된 연모가 자신의 연모인 듯 꿈틀거렸나 봅니다. 단순한 연모가 아니라 우 도련님에 대한 죄책감이 더 무거웠던 거지요. 딸도 먼 타국에서 엄마와 나를 걱정하시고 그리워해주실 분들을 흠모하기 시작했지요. 하지만 양부모님의 뜻을 거역하면 천벌 받는다는 친어머니의 말씀대로 혼인은 했지만, 딸만 낳고 남편은 열병으로 사별했답니다. 힘든 와중에 친어머니의 임종을 지켜보아야 했답니다. 남편과 친모를 연이어 잃고 얼마나 괴로웠을까 싶어요. 친어머니의 애타는 사연과 애간장 녹이는 연모 보따리를 안고 얼마나 울었겠습니까. 먼 타국이지만 정신적으로나마 위안이 되는 할머니의 우 도련님과 가족을 얼마나 그리워하며 흠모했을까요? 상상만으로도 심장이 뜁니다.

전쟁과 시대의 혼란 등 사회가 불안정할 때 유난히 영특했던 그 아기는 자라서 신탄진 재무부 전매국(전매청 전신)에서 근무하는 이 시대 보기 드문 신여성이 되었답니다. 여성 사회 진출의 선구자가 되셨다고 할 수 있지요. 그분이 바로 저의 어머니십니다. 저녁 준비해 놓는다고 같이 오라고 했어요."

　"증조할머니의 절절한 사랑은 할머니에게 전해지고 그 간절함은 어머니도 마치 첫사랑 연인처럼 설렜답니다. 저는 증조모님의 애간장 녹이는 연모를 대물림으로 받은 탓 보다는 할머니들의 애절한 심정을 글로 표현하신 사연으로 인해 설레기 시작했지요. 얼음도 녹일 것 같은 뜨거운 가슴. 게다가 먼 타국에서 유언으로 남기셨다는 말씀이 심장에 박혀 참으로 설레더군요. 가슴을 꽉 메우고 있었습니다. 얼굴은 모르지만 프랑스에서 자신을 가족으로 반기러 오실 그분의 아들이 있다는 것을 알고 어머니도 말 못하는 연모에 사로잡혔다고 합니다. 지금처럼 항공이든, 선박이든 여객선이 있는 것도 아니고 증조부님의 유언이 이뤄지도록 미륵불에 기도하는 수밖에 없었답니다. 한 번도 얼굴을 뵙지 못한 사람을 그토록 연모할 수 있을까 나도 한때는 믿지 못했습니다. 낯설어야 할 사람이 낯설지 않고 서로 연민을 느끼며 애간장을 태울 수 있을까요? 믿기지 않지만 그 간절함을 저도 물려받았으니 어찌 조상의 뜻이 아닐 수 있습니까.

저희 어머니께서 프랑스에서 오신 아버님을 뵌 적이 있답니다. 저희 아버지도 같이요. 한국전쟁이 휴전협정을 한 다음 해랍니다. 당시 저희 어머니도 우 선생님 부친도 각자 남매를 둔 상태였답니다. 처자식을 두고 가슴에 담은 그리움을 찾아 구만리 먼 길을 오셨다는 것은 타인이 보기에는 너무 이기적으로 보이죠. 하지만 제 생각엔 세상 사람들이 생각하는 그런 불순한 사랑이 아닙니다. 저희 아버지도 그야말로 혈맥으로 이어진 순수한 영혼이라고 말씀하셨어요. 돌아가신 어른의 유언을 받들기 위함이라는데 누가 말리겠습니까. 소설 같아요. 애절함의 대물림이 가능할 수 있었던 것은 양쪽이 다 절절함이 녹아든 일기장 때문인 것 같아요. 보고 또 보고 볼 때마다 가슴에 전율이 온몸으로 전해지는데 어찌 식을 수 있습니까. '그분 생각이 떠오르면 심장이 튀어나올 것 같고 지진처럼 온몸이 흔들렸다'는 부분을 읽을 때는 나까지 전율을 느껴요. 어렵게 한국에 오신 부친께서 한없이 울다가 가셨답니다. 그 후 두 분은 계속 서신으로 안부를 전할 수 있었지만 부친께서 소식은 미경과 준영에게 맡기자고 하셨답니다."

두 사람은 어느새 손을 꼭 잡은 채 용화사 미륵불 앞에 서있다. 그동안 접해보지 못한 사찰문화에 서툰 우준영은 미경처럼 절은 못해도 합장하고 서서 묵념으로 간절한 기도를 한다.

"신이시여! 감사합니다. 증조부님의 절규와 같은 소원을 증손자인 제가 이루게 되었음을 진심 감사합니다. 우리가 이젠 절대 헤어지지 않게 도와주세요. 생을 다하는 날까지 미경 씨만 사랑하겠습니다."

天假之年(천가지년)이라 하늘은 원치도 않는 세월을 이렇게 많이두 빌려주셨다. 세월을 씨끔만 주셨으면 이미 찢있을 만남이 아닐까 싶다. 무심천에 흐르는 물 못지않게 흘려보낸 애간장 녹은 물이 무심하지 않았다. 방천을 메운 풀 숫자만큼이나 부르고 불러보던 증조모와 증조부의 그리움이 쌓인 세월을 준영과 미경이 다 받아 안았다. 미경이 감사기도를 한다.

"감사합니다. 감사합니다. 열 번, 백 번 인사드려도 또 감사합니다. 세상이 무너져도 이젠 이분의 손 놓지 않겠습니다. 이분은 저의 사랑이기보다는 증조할머니와 외할머니 그리고 어머니의 한입니다. 조상님의 발원이요, 가족의 발원입니다. 맘대로 놓을 수 있는 손이 아닙니다. 어떻게 이 귀한 손을 감히 놓겠습니까. 제 생명만큼이나 소중한 손을 제 손과 합장하게 애써주신 증조할머니와 증조할아버지 그리고 할머니 어머니께 맹세합니다. 증조할머니만큼이나 소중하고, 할머니만큼이나 소중하며, 어머니만큼 소중하신 이분 곁을 지키겠습니다."

흰 구름이 짝을 이뤄 노닐고 있는 맑은 하늘도 무심천 방천에서 삼삼오오 짝을 이룬 사람들도 티없는 행복을 맘껏 누리고 있다. 한정녀 님의 증손녀 미경과 우만석 님의 증손자 준영이 잡은 두 손 위에 꽃잎 한 장이 사뿐히 내려앉는다. 머리 위도 축복의 꽃비가 내린다.

휴먼 북 도서관(Human Book Library)

　　　　　　　　　_ "그때 내가 왜 자네 말을 귓결로 넘겼을까 복장을 친다."

정 회장은 막걸리 한 잔에 안주는 한숨 두 사발이다. 시선은 오락가락하다가 창밖도 아닌 술잔에 붙잡혔다. 길게 들이킨 들숨을 뱉는지 마는지 막걸리만 더 걸쭉해져서 두루뭉수리 넘어간다. 업계에서 내로라하는 거물급 인사지만, 지금 이 시간 술잔에 붙어버린 시선조차 떼지 못하는 한없이 맥빠진 사내가 되어있다.

"퇴직은 더 끔찍한 구속으로의 전환이야."

겨우 한다는 말이 이렇게 식상하다.

"그러면서 왜 구속을 서둘러?"

"나도 모르겠다. 오니도 별수 없는 사람이나. 시키는 일이나 하고 꼬박꼬박 급여 챙기는 직원들이 때로는 부럽기도 하단다. 특히 나 같은 놈은 집이라는 공간이 다음 처벌을 기다리는 구치소거든. 구치소보다는 차라리 교도소가 더 편하지 싶다. 퇴근 시간이면 브레인 고장이여, 생각도 판단력도 없다."

꽤나 유명한 건우그룹 회장 입에서 나오는 타령이다. 듣고 있는 깨복쟁이 친구 김준수는 스스로 죄인이 되는 친구의 속내를 짐작하고도 남지만 꺼내지 않는다.

"매일 술자리로 저녁 시간을 모면할 수는 없으나 여행을 떠날 수는 있잖아. 벗어나서 생각해야 고장 난 브레인이 돌아온다. 회사 경영을 아들에게 넘기고 싶다며? 내가 너라면 경영을 임시로 맡기고 세계 일주 떠나겠다. 세상 돌아가는 정보도 얻고, 견문을 넓히기도 하지만 무엇보다 중요한 건 자신을 찾는 게기를 만들 수 있어. 너 이러다가 걷잡을 수 없이 우울증 온다. 사업도 승승장구요, 멋지게 사내답게 산다고 대학 동기들은 부럽다는데 아예 스스로 수갑을 차는구먼. 자네 참 답답하다."

김준수의 말이 무슨 말인지도 알고 옳다는 것도 정 회장은 안다. 알기 때문에 잡고 있던 잔이 미세한 경련을 일으키면서 파문이 인다. 자신을 조여오는 올가미가 나이와 정비례해서 점점 강해진다. 찬 기운의 전율이 온몸을 훑어 내린다. 진저리가 쳐진다. 이젠 굴레를 벗어나고 싶다는 생각조차 숨이 죽었다. 왜 벗어나면 안 되는지도 모르면서 자신도 모르게 그런 강박감에 휘둘린다.

청춘의 피가 끓을 때는 누군들 사내답고 멋지게 살고 싶지 않았을까? 그런 사내보다 더 강하다는 아버지들은 자존심을 가슴 깊이 묻을 줄 알기 때문이다. 비겁함이 아니다. 아버지요, 가장이기 때문이다. 헌데 자신은 지금 아버지의 강함이 아닌 알맹이 없이 헛것에 조종당하는 신세 같아서 그래서 갈팡질팡하는 게다.

"너무 흔하게들 하는 말이라 여벌이던 격언 있잖아. 나폴레옹이 말했던가? '미인은 눈을 즐겁게 하고, 양처는 마음을 즐겁게 한다.' 이 말의 속뜻을 진즉에 알았어야 했는데 그땐 너무 가볍게 해석했어. 눈이 즐거우면 당연히 마음도 즐거워지는 줄 알았어. 그 말을 고치고 싶어. 미인은 순간의 즐거움이요, 양처는 평생의 즐거움."

정인석이 한숨과 함께 무의식적으로 나오는 말을 듣다 보면 부부 문제가 과포화 상태인 것만은 확실하다.

어찌 보면 이미 우울증이 온 것 같다. 자신이 모르는 퇴직 공포증이 아닌가 싶기도 하다. 오히려 안 해도 되는 퇴직을 서두르고 있으니 말이다. 경영권을 아들에게 주려고 작정을 하고부터 더 심각해지고 있다.

시대적으로 인간 수명이 길어지면서 퇴직은 사회에 첫발을 디딜 때 못지않게 심각하다. 그래서 남녀를 막론하고 자식들 뒷바라지가 숙지막한 50대부터는 자신을 뒷바라지해야 되는 것이 참 중요하다.

정년퇴직을 인생 이모작의 기회로 만드는 정부 차원의 가이드가 많다. 재취업부터 봉사활동까지 다양한 프로그램이 있다.

허나 정인석 회장은 그물코처럼 얽혀 짜여진 올가미에 걸려 맥을 못 추는 호랑이다. 아무에게도 SOS 신호를 보내지 못하고 점점 움츠린다. 본인은 아닌 줄 알고 있지만, 현실은 회사라도 붙잡고 있으니 미치지 않은 것이다.

아침 식탁에서 엉덩이 떼면 그냥 바깥으로 나가야만 마누라가 편하고, 마누라가 편해야 가족이 편하지만, 막상 편하게 갈 곳이 없다는 퇴직자들은 노후 대책을 경제적 측면만 생각했기 때문이다. 부(富)를 지니고도 외로운 섬이 된 정인석은 앞만 보고 달렸지만, 가족의 한가운데서 외로운 섬이 되어있다. 그나마 붙잡고 있는 회사 경영마저 아들에게 넘기려 한다. 자신에게 옴살 벗이 있다면 당연히 잘하는 일이다. 허나 이 친구에게는 더 괴로운 섬 생활이 될 것이 뻔하다.

지난달 고교 동창 모임 때 술자리가 2차, 3차 이어지면서

멀쩡해 보이지만 속은 곪아 있는 친구들이 하나둘 나타나기
시작했다. 다른 일자리를 구한다거나 알바를 하겠다는 친구
도 더러 있지만, 대부분 취미생활을 주 무기로 삼는다. 그
취미생활이라는 것이 골프나 여행이 취미라는 사람들은 그
야말로 취미일 뿐이고, 정신적 노후 대비는 될 수 없다.

민규의 말이 H는 아내가 50대부터 민화에 빠져 지금은
유명한 민화 작가란다. 오히려 H가 아내의 치맛자락에 매달
리고 바가지를 긁는다고 한다. 민규 본인도 대책 없이 구들
장군이 되고 보니 늦둥이 문학도가 된 마누라가 아예 보따
리 싸서 매일 도서관으로 간단다. 집지킴이가 된 민규다.

한창 시절 공부벌레로 유명했던 한우는 오십 대 후반부터
부부가 같이 문학과 바람을 피우기 시작해서 지금은 시인
부부로 유명하다. 정인석 회장 댁은 부부가 같이 마음이 가
난해서 문제가 심각하다.

40여 년 전,

국방의무를 마치고 복학과 졸업의 수순을 거쳐 둘은 이미
정해진 길로 순탄하게 갔다.

그날, 하필이면 준수의 여친이 처음 자취방을 찾은 날, 인
사불성이 되도록 취한 인석이 준수를 찾아왔다.

"안 뎌, 안 뎌. 내가 갸를 품는다는 것은 나쁜 놈이여."

인석은 계속 혼자 중얼거린다. 잠꼬대가 아니라 술꼬대다. 장난끼가 발동한 준수는

"어뗘? 갸라고 안 될 거 없지 왜 안 되는데?"

"이제 2학년이여 스무 살."

요즘 인석이 좀 뜸하다 싶더니 사랑에 빠진 거였구나. 준수는 살짝 불안한 느낌이었다. 허나 인석은 이미 온 마음이 다 퐁당이다. 아무리 생각해도 친구의 미래가 불안했다. 작정을 하고 인석에게 진심으로 말렸다.

"인석아, 많이 생각하고 많이 망설였다. 네가 어떻게 받아들이든 내 진심을 말해야만 되겠다. 울 아부지 잘 알잖아. 엄마랑 열 살 차이거든, 지금 울 엄마는 아예 아버지를 자식 나무라듯 해. 신혼부터 어리다고 오냐오냐하시다가 나중에는 울 엄마에게 남편이라는 존재가 완전히 화풀이로 치는 북이 되더라. 인석아 아홉 살 차이면 너도 울 아부지처럼 불쌍해진다."

"야는 괜찮아. 걱정 안 해도 돼. 엄청 온순해."

먹히지 않겠다는 걸 감지한 준수는

'울 엄마도 엄청 온순했는데…'

삼켜버렸다.

"격세지감은 어떡해?"

차마 말할 수 없었다

젊으니까 느끼지 못해도 친구가 40대에 아내가 30대면 격세감이 생각보다 커질 것이고, 50대와 40대가 되면 사고방식뿐이 아니라 몸의 격차는 심각해진다. 허나 주변의 조언 따위는 귀에 담을 생각조차 없는 인석은 결국 아홉 살 후배와의 결혼을 성공이라 여기며 가정을 이루었다. 친구의 조언도 자신에게는 해당 사항이 아닌 줄 알았다. 누가 봐도 신혼의 꿀단지에 흠뻑 빠져있는 티를 줄줄 흘리고 다니던 인석은 사업까지 순탄하게 주가를 올리고 있으니 마누라가 더 복덩이로 보였다.

그랬던 인석의 세월이 얼마나 혹독했으면 저리도 멍투성일까. 어찌 죄인이 되어 기를 펴지 못할까. 저 틀거지에 그 패기는 어디로 갔나? 막걸리 잔에 버무리는 한숨이 풀리지 않는다.

"그나마 니들 많이 견딘 겨."

준수가 훅 내뱉은 말에

"그려, 내가 선택한 길이니까 여적지 버터 온 거지 살아온 게 아녀."

목소리조차 버슬버슬하다. 길게 한숨을 쉬더니 막혔던 배수구 뚫은 것처럼 말문이 터인 인석은 줄줄이 흐른다.

"이제 지쳤어. 앙탈에 요구만 하는 아내만으로도 감푼데 자식들까지 나를 지네들 노둣돌 정도로 여긴다. 그런데 말여, 나도 사람이더라. 내 가슴도 외로울 줄 알더라. 아빠의 가슴에도 아픔이 있다는 걸 자식들이 성인이 되면 알아주지 않을까 은근히 기대했었다. 하지만 아니더라. 지 엄마가 나한테 하는 짓거리까지 그대로 따라 한다. 조선의 성리학이 우리 세대 남편들에겐 치명적인 폐단이 되고 있다."

"여기서 성리학이 왜 나와."

"남자니까 참자, 남자니까 지키자, 남자니까 대들보 역할을 해야지, 남자니까, 남자니까…. 아버지들의 가슴도 바윗덩이가 아니더라."

울화가 치미는 정인석이 이제 와서 구치소에서 탈출하려고 발버둥 쳐도 혼자만의 몸부림이지 가족의 눈에는 아빠가 우습게 보일 뿐이다.

"니 아빠 왜 저러니?"

이렇게 가족들에겐 이미 고정관념이 되어있는 아빠의 존재감이다.

저 친구에겐 켜켜이 굳어있는 말 못 할 미안함이 죄의식 되어 깔려있으니 박차고 나올 수도 없고, 누구보다 더 힘들었을 것이다.

"세상 부부들이 다 그렇잖아, 서로 몰라준다고 야속해 하는 거잖아. 여자니까 참고 살았다. 남자니까 참았다. 그렇게 자기네들만 참고 사는 줄 알거든. 그러려니 하고 사는 거지."

김 국장의 말에

"맞아, 울 마누라도 자식들 땜에 참고 산다가 아니고 살아 준다더라. 너 윤석이 알지? 그 친구 졸혼 했다더라. 퇴직하고 쉬니까 하루 1식만 하라며 지천꾸러기가 되더란다. 실은 나도 졸혼을 할까 싶어. 경영권을 아들에게 넘기면서 지 엄마 생활비도 아들에게 넘기지 뭐."

"1식만 해준다는데 서럽다는 윤석이도 나는 이해가 안 된다. 2식이든, 3식이든 직접 준비해서 마누라도 좀 챙겨주면 안 돼? 그리고 인석이 너는 말하지 않아도 나는 짐작한다. 마누라한테 죄인처럼 스스로 구치소라는 표현을 할 정도로 맺힌 그 심정을 말여. 여자에게는 한창 무언가를 알고 즐기고 싶은 나이에 자네는 그 요구를 다 들어줄 체력이 못되니 말 못하는 자네 속마음이 어떨까 짐작한다. 자네도, 아내도 다 안쓰럽다. 우리 부모님을 보아왔기 때문에 그때 내가 말렸던 거다."

준수의 말이 끝나기도 전, 쥐고 있던 종이컵을 힘주어 압

축하는 인석이 표정에서 짐작보다 많이 힘들게 견뎌온 궤적을 느끼겠다. 종이컵에서 흐른 커피 방울이 바지를 얼룩지게 했지만 아랑곳하지 않는다.

"자식 많이 낳지 않은 것이 얼마나 다행인지 모르겠다. 아들만 둘인데, 두 놈 다 마마보이여. 너는 어떠냐?"

"나라고 별수 있겠어, 마누라가 바람이 나서 우린 서로 터치 않는다. 각자 연금에서 할부금처럼 생활비 공제하고 나머지는 자유다. 허나 그 자유가 바로 문제거든. 나는 골프와 낚시면 노후 대책 충분할 줄 알았어, 막상 당하고 보니 그게 아니네. 두 가지 취미가 정신적 노후 대비는 안 되더라. 그래서 국립중앙박물관에 유물해설 자원봉사 주 1회 시작했어. 저녁마다 문화재 공부에 역사 공부 빡세게 했다. 그랬는데 그나마 헤드폰으로 직접 녹음 듣도록 시설을 교체했어. 틈틈이 소일거리 되리라 믿고 작은 텃밭을 샀지. 헌데 그놈의 텃밭이 우리 부부의 전쟁터야. 집에서는 푹 빠져 마음 주는 벗이 있어 나를 개의치 않는데 텃밭에서는 내가 고분고분하면 완전 교육장이 되고, 아내는 지도자여. 아니면 호미 집어던지는 전쟁터로 변해."

정 회장은 영혼까지 한 몸처럼 하나가 될 벗, 옴살 벗이 소름 끼치게 그립다. 왜 진즉 눈을 뜨지 못했을까. 지금부터

라도 붓을 들어볼까. 대금 정도는 가능하겠지 싶다. 준수 주변의 모두가 부럽다.

"아내는 대금에 빠지고, 처남댁은 하모니카랑 기타에. 내 여동생은 가야금 배우러 다녀. 그러다 보니 주변에 여인들이 다 바람둥이들이야. 마누라 말로는 젓대 소리가 영혼을 다독거리기 때문에 대금 연주하는 사람은 치매도 없단다. 동생은 가야금 소리가 영혼을 치유한다나 어쩐다나. 그만큼 정신적으로 편안해진다는 뜻이겠지. 지금 생각하면 나도 대금 배울 걸 그랬어."

"큰아들놈이 엄마는 아빠의 작품이래, 엄마 원망 말란다."

김준수는 친구의 아들 심정이 확 다가온다. 자신이 청년 시절 경험했던 생각들, 그 많은 도형들, 친구의 아들도 그러하리라.

인생 이모작

"요즘은 은퇴 준비하는 사람을 '은준인(隱準人)'이라고 해서 다방면으로 케어하더라. 창업 가이드부터 시작해서 자네처럼 중소기업의 오너 출신들은 초보 경영인을 위한 길잡이가 되어 강연 전문인이 되기도 하고 상담에 응하기도 하더라. 회사와 집, 옹색한 틀에 너무 매이지 말고 따로 사무실을 하나 꾸려서 젊은 기업인들에게 도움도 주고, 너도 무언가 보람된 일을 할 수 있는 기업 상담실을 운영해 봐."

"그렇구나, 좋은 생각이다. 그런 일만 있어도 숨통이 트일 것 같다."

정 회장은 왜 그 생각을 못 했을까 싶다.

"이 답답한 친구야, 내가 보기엔 아내보다 자네가 더 문젤세."

"말 못 할 죄인이 돼봐라. 멍청이가 된다."

무슨 말인지 준수는 안다.

사회적 거리두기 칸막이 넘어 테이블에서 어른이 철부지 아이들 바라보듯 유심히 귀를 기울이던 한 남자. 그가 슬슬 다가온다.

"실례 좀 하입시더."

기분 나쁘지만 밉상은 아닌 것 같고, 무언가 그럴듯한 보따리 하나 풀어놓을 것 같은 느낌에 앉으라고 자리를 권하며 김준수는 벨을 눌러 막걸리 추가와 술잔을 청한다.

그 남자 왈,

"운전 때문에 술은 됐고요. 본의 아니게 선생님들 대화를 한참 동안 들었심더. 긴말 필요 없이 책 대신 사람을 대여해 준다는 말 들어봤습니꺼?"

어리둥절한 두 친구는 뜬금없는 소리에 멀거니 서로 바라본다.

"모르시는 것 같은데 '책 대신 사람을 빌려줍니다.'라는 도서관이 있습니더. 거기 보면 분야마다 전문가들이 휴먼북이 되어 북 목록에 올려놓고 대기하다가 대여 신청이 들어오면 1:1 고민 상담을 합니더. 경험에 의한 정보와 지혜로 함께 고민을 풀어나가는 겁니다. 쉽게 말하자면 사람이 책이 되어주는 것이지요. 내가 지금 그 사이트에 들어가서 예문을 보여드릴게요."

그 남자는 가방에서 노트북을 꺼낸다.

휴먼 도서관에서 책 대신 사람을 빌려줍니다.
사람이 책이 되는 도서관 휴먼북 라이브러리(Human Book Library)

어느 사이버 카페인지 블로그인지 모르겠으나 이 남자는 열어서 설명을 시작한다. 신중년 세대들이 직접 휴먼북이 되어 책의 내용 대신 자신이 지니고 있는 지혜와 정보를 이야기로 들려주는, 즉 인생 경험을 나누는 도서관이란다. 쉽게 설명하자면 종이 책 대신 사람이 책이 되는 거란다.

"원래 유럽에서 시작되었지만 대학에서 취업과 진로의 고민을 도와주기 위해 활성화한 제도인데, 지금 두 선생을 보니까 정년 앞둔 분들에게 휴먼북이 더 필요할 것 같아요. 두 분 선생님은 직접 휴먼북이 되어 신청자들에게 지혜를 제공하는 겁니다."

무언가 조금은 이해를 하는 듯 김준수 국장이 나선다. 정 사장을 향해

"이 친구가 기업가들의 법과 관계되는 문제라면 박사지, 그려. 좋은 일도 하고 공부도 하는 거야. 그렇게 되면 자신에게도 지속적인 케어가 되겠어. 굿이야."

의외로 정인석은 한풀 꺾인 목소리로

"나 자신의 삶조차 비틀거리고 내 가정도 감당 못 하는 주제에 무슨…"

"가정 문제는 정 회장이 대여를 하고, 기업과 법 문제는 휴먼북이 되는 거야. 기업가로는 성공했으니까 당당하지."

김 국장의 말에 솔깃한 듯 얇은 미소가 핀다. 이 남자는 자신의 경험담을 꺼내기 시작한다.

"제가 법원 민원실에서 무료상담 봉사를 했을 때 따로 상담 좀 하고 싶다는 분들이 많았어요. 대부분이 선택을 못 해 갈등하는 문제였지요. 선택을 놓고 고민할 때 유경험자들의 지혜와 정보를 듣고 싶잖습니까. 하지만 그런 사람을 만나기란 쉽지 않고. 그래서 사회 각 분야에서 경험을 쌓은 사람들이 모여서 그런 커뮤니티를 만들면 좋겠다는 생각에 서둘러 알아봤지요, 헌데 이미 그런 곳이 이렇게 있더라 아입니꺼."

이 남자는 알기 쉽게 설명을 한다.

2000년 덴마크 출신의 사회운동가 로니 에버겔이 덴마크 뮤직 페스티벌에서 창안한 '휴먼 라이브러리'다.

책 대신 특정한 경험과 지식을 가진 사람(휴먼북)을 빌려주는 신개념 서비스로, 독자는 준비된 휴먼북 목록 중에서 읽고 싶은 휴먼북을 골라 대출하고, 정해진 시간에 만나 자유로이 대화하며 정보를 전달받는다는 것이다. 독자는 휴먼북과 마주 앉아 자유로운 대화를 통해 그 사람의 경험을 얻기 때문에 종이 책에서 느낄 수 없는 저자의 생생한 이야기와 경험, 생각을 직접 들을 수 있다. 궁금한 점을 바로 물어볼 수 있다는 것도 휴먼 라이브러리의 장점이다. 한국에는

·휴먼 북 도서관(Human Book Library)·

2010년 국회도서관에서 로니 에버겔을 초청해 '휴먼 라이브러리' 행사를 개최하면서 알려졌답니다.

[출처: 중앙일보] [더오래] 책 대신 사람 빌려주는 '휴먼북'

김준수는 서울에서도 중심지에서 뼈대를 다졌다는 자부심이 쥐구멍을 찾는다.

정인석은 업계에서 인정받는 기업인이면 뭐해 인생에는 나머지 공부가 필요한걸.

두 친구가 창피함을 느끼고 있을 때 이 남자는

"나는 이미 많은 독자들의 고민을 함께 풀어드린 경험이 있습니다. 보람이 아주 커요. 휴먼북 클럽 발기인 모임을 하고 있지요. 울 회원 중에는 퇴직 교사가 제일 많고, 소소한 자영업으로 성공한 분, 대기업의 해외 주재원으로 수십 년 외국에서 근무한 경력자, 전직 공기업 대표, 금융계 거물급 인사도 있어요. 전문가가 아니라도 나눌 경험만 있다면 누구든지 휴먼북이 될 수 있지요. 자신의 사소한 경험도 타인에게는 큰 도움이 됩니다. 정 회장님 스스로 실패작이라고 하시는 가정사 문제가 후배들에게 참고가 될 수도 있잖아요. 어때요? 지금 당장 회원이 될 수도 있습니다."

두 친구의 눈동자에 생기가 돈다.

"휴먼북이라, 이것은 독자만을 위하는 것이 아니구려. 스스로 책이 되는 자도 경험과 지혜, 정보를 나누는 과정에서 자신에게도 큰 보람이요, 정신건강의 촉진제가 되겠어!"

김준수 국장의 얼굴에 생기가 돈다. 인석보다 준수가 더 좋아하는 줄 알았더니 인석은 창피하고 감격해서 말을 잃고 있었단다.

이미 전국 곳곳에 이런 도서관이 있어서 고민하는 직장인이나 학생에게 미래지향적인 길을 제시하고 갈등과 시행착오를 줄일 수 있는 보람된 일을 하고 있다는데, 우리는 역시 아날로그 인생이었다. 잔뜩 열 받은 상태였던 정 회장이 완전 눅잦힌 듯, 표정이며 버슬버슬하던 목소리까지 촉촉해졌다. 이미 정 회장에겐 삶의 영양제가 되고 있다. 자신의 멘토링이 누군가에게 소중한 팁이 된다면 그 보람은 평생 이어질 것이다. 김 국장은 때맞춰 언젠가 접했던 멘트가 떠오른다.

'경험은 돈으로도 살 수 없는 지혜.'

그 지혜를 나누는 거다.

부산 사나이가 휴먼북 도서관 본부 연락처와 관장을 소개하면서 준 메모지를 뚫어져라 보니 정 회장은 아내에 휴먼북 대여가 필요하다고 권했던 말이 혼란스럽다.

"휴먼북은 무료대여고요 아내분이 만날 휴먼북은 내가 미리 소스 넣어놓겠심더."

〈한가람, xx대 사회학과장〉

자꾸 되뇌지만 아내한테 권할 용기가 없다. 무시해 버리는 게 아니라 콧방귀로 비웃을 테니까.

"실은 나 창피해서 어쩔 줄을 모르겠더라. 그 사람 우리 대화 듣고 얼마나 유치하고 격 떨어진 멍청이로 보였겠어. 내가 평생 사업은 성공했지만 내 인생은 낙제생이 확실하네. 왜 그렇게 집사람에게 집착했던가, 너른 가슴으로 포용하고 다독일 재간 없으면 어리광이든 바가지든 히스테리든 혼자 발광하거나 말거나 관심 끊어버리면 될 것을 너무나 못나고 옹졸했어. 창피해."

이 친구 벌써 한 꺼풀 벗는구나, 아주 좋은 계기가 되었다.

"여유가 생겼구먼. 그래서 내가 여행을 권한 거여. 한 구덩이에서는 못 보는 거 이제 보이고 느끼는 겨. 자네 마누라에 대한 집착은 사랑이야."

"무슨 말도 안 되는 소리! 웬수라니까."

"청년 시절은 아내를 진심으로 사랑하기 때문에 집착했고, 중년을 넘기면서부터는 사랑을 받고 싶어 집착한 겨. 순수하게 주는 사랑은 상사병이라는 게 있을 수 없어. 그 사람이 누군가의 배우자가 되어도 어차피 짝사랑인데 혼자 그리

위하고 사랑하는 거잖아. 문제는 받고 싶은 사랑이 곁들여
지면 병이 되는 거지. 자네는 평생을 쏟아부어도 오는 사랑
을 느낄 수 없으니 그 갈증이 증오로 변한 거라고 봐."

차마 말은 못했지만 깊이 자리하고 있는 죄의식(미안함이 쌓
인)은 더욱더 받고 싶은 사랑을 부추긴다. 사랑을 할 때와
조금도 덜하지 않은 받고 싶은 사랑. 자신도 모르게 병이 된
것이다. 그 상사병이 자신을 아내 곁에 묶어두었고, 다행인
것은 난폭하게 돌변하지 않았다는 것이다.

"그나저나 오늘부터 빡시게 공부해야겠어. 〈기업 경영 수
업과 법률〉이라, 재밌겠는데. 자넨 주제를 뭘로 할 거여?"

정 회장의 얼굴에 화색이 돈다. 신명이 난다.

정 회장에게 지팡이가 생겼다. 그 지팡이는 마음을 쏟을
벗. 옴살 벗이 될 것이다. 달뜬 기분은 정 회장의 눈동자까
지 맑아진다. 비로소 인생 2모작의 길이 열렸다. 두 친구 잔
을 부딪는 소리가 맑디맑다. 정인석 인생 2모작이 시작되는
축복의 날이다. 걸쭉하던 막걸리 잔이 맑세 찰랑인다.

"나는 우선적으로 휴먼북 대여부터 할 거야. 부산 사나이
민우철을 대여할 거야."

정인석의 인생 이모작이 시작되는 날이었다.

차마 말할 수 없었다

_ 그의 영전에 국화 한 송이 올려 놓고 진심으로, 진심으로 명복을 빌며 돌아서는 발걸음이 무겁질 않다. 이렇게 복 받은 영면도 있구나. 지금 내가 죽음이 부러운 경우도 있음을 체험하고 있다. '죽음을 당하지 말고 준비하고 맞이하자'는 목표로 노력 중인 내겐 부러울 수밖에 없다. 평소와 다름없이 메시지를 주고받은 것이 바로 어젯밤이다.

"선생님, 함박눈요. 오늘따라 슬픈 춤을 추면서 내려와요. 하지만 참 평화로워요."

이렇게 감성에 젖은 메시지를 받고 함박눈은 원래 평화로운 분위기의 대명사라고 메시지를 보내려다가 지우고

"살풀이춤인가 봅니다. 민 선생 마음 생채기 다 앗아가려고 추는 살풀이요."

이렇게 답을 보내면서 가까우면 잰걸음으로 가서 찻잔 들

고 마주하고 싶었다. 그랬는데 불과 몇 시간 사이에 평화롭고 곱게 떠났다. 슬픔과 평화가 공존하는 춤이라, 어쩌면 휴대폰을 들고 그 메시지를 한 글자, 한 글자 누르면서 이미 영혼은 무언가 느낌이 있었던 것 같다. 아마 그랬을 것이다. 이별을 감지한 춤. 고인의 남편 주 선생의 말을 듣고 보니 그의 영면이 숭고하다는 생각이 든다.

"지난밤, 함박눈이 온다고 설렌다면서 권 선생과 차 한잔하고 싶다고 했어요. 두 잔을 준비해 와서 권 선생 대신 나하고 둘이 창가에 앉았어요."

목이 메여 잠시 머뭇거리다가

"차를 마시면서, 자기는 이렇게 고요하게 눈 내리는 날 잠자듯 떠나고 싶다고 말하는 데 그 표정이 어찌나 편안해 보이는지, 그런 모습 처음 봤어요."

또 손수건을 꺼낸다.

"그렇게 평화로울 수 있는 사람이 그동안, 그동안…"

말을 잇지 못한다.

"차는 몇 모금 마시지 않으면서 분위기만 다운시켜놓고 하품을 하면서 일어나더니 뜬금없이 내 손을 집으며 징밀 미안하다고 했어요. 내 손을 한참 잡고 있다가 놓으면서 혼자 자고 싶다고 했어요. 그게, 그게 마지막이었어요. 늘 불안해서 혼자 두지 않는데, 가끔은 혼자 있었던 적이 있고 분위기가 차분해서 그렇게 혼자 잠들게 둔 거예요. 새벽녘에 안방에 갔더니 아직 체온은 남아있지만 심장은 멈춘 상태였어요. 병원에서는 사인을 심장마비라더군요."

나는 영화 감상하듯 듣고 있었다. 영화의 한 장면 같은 임종이다. 이렇게 곱게 떠날 수도 있구나. 눈물이 나지 않는다. 비보를 받고 충북대 병원까지 올 때는 눈물 때문에 운전조차 힘들었는데 너무나 평온한 주검 앞에서 숭고함을 느끼고 있다.

2년 정도 된 것 같다.

복지관 가야금 교실에 유난히 피부가 곱고 맑은 분이 눈길을 끌었다. 나도 그분도 신입이라 어색해하던 참이었다. 선배들이 자기네들도 다 치른 절차라면서 신입 신고식이라는 것을 해야 된단다. 내가 먼저 그에게 다가갔다.

"민 선생님이라 하셨나요?"

"네. 민이경입니다."

"권찬수예요. 아마 신고식이 관례처럼 이어지고 있나 봅니다. 그동안 선배들이 중국요리 배달에 음료와 과일만 준비

했다니까 우리도 그렇게 하죠."

아직 낮가림 중이라 어색했지만 선배들의 단골 중국집에 요리도 시키고 배달 오는 길에 음료수랑 과일도 부탁했다. 선배들의 도움으로 우리도 신고식이라는 걸 했다. 학습이 끝나고.

"권 선생님, 있잖아요, 처음에 선생님이랑 짝이 되어 신고식 하라고 해서 겁먹었어요."

"겁을 먹어요?"

"선생님, 카리스마에 주눅 들었는데, 의외로 따뜻하시고 재밌고 사람을 편안하게 해주시네요. 풍기는 이미지랑 달라요."

"그렇다면 다행이네요. 못생겼다고 쉽게 보고, 얕잡아 무시하는 거보다 낫잖아요."

하면서 웃었더니 그도 내 등을 치면서 웃는다. 그날부터 우린 마음을 주고받는 사이가 되었다. 민 선생은 아주 가끔 자기네 집으로 차 마시러 가자고 했다. 나를 초대하는 날은 많이 울적한 날이다. 괴산읍에서 뒤뜰까지는 25분에서 30분 정도 소요된다.

차 초내받는 날이넌 빈 선생 넥으로 가지만 우리는 별말이 없다. 찻잔 들고 창가로 가서 자연이 깎고 다듬은 예술품, 절묘한 작품인 강 건너 바위들만 바라본다. 말 못하는 사연 한 보따리 가슴에 담고 반평생을 먹구름 속을 헤매고 있다는 민 선생의 구름을 훠이훠이 쫓아내고 싶다. 기다릴 수밖에 없다. 가슴 밑바닥에 버캐가 된 아픈 생채기 죄다 긁어내는 날을 위해 경청의 준비는 항상 하고 있다. 우울증 약을 끊었다니 이젠 본인의 의지로 활짝 개일 수도 있다. 남편에게도 말 못하는 그 속내는 오죽하랴만 그래도 옆에서 보기엔 답답하다.

오늘은 내가 용기를 냈다.

"민 선생, 무슨 사연인지는 모르지만 주 선생한테는 털어놓지 그래요."

한참 동안 흐르는 냇물만 바라보다가

"남편도 교육자라 알면 편하지 않을 거요. 그렇다고 나를 멀리하거나 외면할 사람은 아니지만 알면 남편 본인이 상처가 될 겁니다. 그래서 한없이 미안해요. 생각하면 남편을 속이는 죄인이지요. 저 사람한테만은 이기적일 수밖에 없어요."

또 한참 동안 우리는 말이 없었다.

"권 선생님이, 이까짓 차 한잔하겠다고 여기까지 오시겠어요? 나를 위해 오신다는 거 알아요. 나도 선생님한테 오늘은 털어놔야지, 벼르고 벼르지만 터지지 않아요. 차마 말을 할 수가 없었어요. 그 일, 그 장면 떠올릴 수가 없어요. 벌써 소름 돋는 거 좀 봐요."

"민 선생 마음이 시키는 대로 하셔. 그런데 한 가지는 냉
철하게 생각해 보세요. 주 선생은 답답함을 떠나 많이 섭섭
하실 겁니다. 아마 화가 치밀기도 할 거구요. 나도, 주 선생
도 그 사연이 궁금해서가 아니거든요. 민 선생이 짊어진 십
자가 무게를 덜어주고 싶은 남편의 심정을 몰라주니 웬만한
사람이면 화가 나서 저렇게 기다리지 못해요."

"맞아요, 워낙 무던한 성격이긴 해요. 생각하면 내가 터놓
을 타임을 놓친 거요. 어쩌면 이미 알고 있을 수도 있고요."

"알고 있다면?"

"담당의에게 알아본 건 아닐까 해서요. 물론 함구해 달라
고 당부는 해두었지만요."

"그럴 리는 없을 거요. 의사는 환자의 의견을 존중하고 프
라이버시를 지켜줍니다."

내 입장에서는 더 깊이 관여할 문제가 아니라는 생각에
적당히 둘러대긴 했지만 민 선생의 말이 맞을지도 모른다.

"선생님, 오늘 좀 천천히 가셔도 돼요?"

"네, 매주 화욜은 나른 스케줄 잡지 않아요."

무언가 한참 생각하더니

"우리 저쪽 강가로 가요. 해거름이면 그늘이라서 가끔 산

책하는 길이에요."

오늘이 그날이구나, 짐작하고 따라나섰다.

마땅한 너럭바위에 앉았다. 들고나온 물병 하나는 나를 주고, 하나는 뚜껑을 열더니 잠시 머뭇거리다가 한 모금 마시며 무언가를 결심한 표정이다. 바람도 숨죽인다. 바위틈새 풀꽃도 방천에 야생초도 긴장한 듯 미동도 없다.

나 또한 마음의 준비를 단단히 하고 있다. 얼마나 힘들게 여는 문인가. 도로 닫지 않게 하려고 한껏 예를 다해 먼 산을 보고 앉았다. 마주 보면 용기 내기가 더 힘들 것 같아서다.

30여 년 전이다.

경기도 파주의 화영 중학교는 가을 예술제 준비에 분위기가 들떠있다.

미술부 민 선생은 둘째 출산휴가를 끝내기 바쁘게 팸플릿과 포스터, 현수막 시안에, 무대 디자인까지 바쁘다.

이번 예술제는 콘셉트가 '꿈'이다. 초대장과 포스트, 현수막 시안을 들고 결제를 받기 위해 교장실로 가는 민 선생은 기대에 부풀었다. 자신이 봐도 포스터 디자인이 아주 마음에 든다. 가볍게 노크를 하고 문을 열자 그만, 갑자기 비틀비틀 넘어질 뻔하면서 토할 것 같다. 화장실 갈 겨를 없이 어떻게 달려왔는지 미술실 물 양동이에 토했다. 인간 세상에서는 있을 수 없는 짐승들의 한 장면.

위에 있던 아이가 놀라서 후다닥 내려 가버리자 순간 속수무책 소파에 누운 교장의 벗은 아랫도리가 눈에 들어왔고 잽싸게 돌아서 문을 닫는다는 것이 콰당! 소리가 요란해지고 말았다.

어떻게 왔는지도 모르겠다. 미술실에서 한바탕 토악질을 하고는 넋을 잃고 앉아있는데 1학년 미술 담당인 박 선생이 들어오다가 눈이 휘둥그레진다.

"왜 그러세요? 어디 아프세요? 요즘 무리하신다 싶었어요. 병원에 갑시다."

핏기 없이 창백한 얼굴로 넋을 놓고 바닥에 앉아서 진땀까지 맺혔으니 그 모습을 보는 박 선생도 놀란 모양이다.

"이거 결제는 받았어요?"

하면서 민 선생이 들고 갔다가 그대로 디자인 테이블 위에 팽개쳐진 시안들을 보며 말하는 박 선생을 향해 손사래로 나가라고만 하자, 박 선생은 양동이를 들고 나갔다.

민 선생은 이번 예술제 내내 허수아비처럼 영혼 없는 움직임이다. 박 선생이 대신 곱으로 바쁜 예술제였다. 직원실도

들르고 싶지 않다.

남편 주 선생 입장에선 과로로 인한 후유증이라는 판단으로 무조건 쉬라고만 했다. 예술제를 앞두고 잠도 못 자는 것 같고, 제대로 먹지도 못하는가 하면 말수가 줄었다기보다는 없다는 표현이 맞다. 도우미 김 여사가 보기에는 단순하게 과로 때문인 것 같지는 않다. 원래 말수가 많은 편은 아니지만 밝은 성격에 구김살 없는 편안한 사람이었다. 과로 때문에 저렇게까지 우울하지는 않을 터이다. 산후 우울증은 아기의 옹알이가 특효약이란 생각에, 틈만 보이면 아기를 안고 앞에 가서 옹알이를 유도했다. 엄마 대신 아기가 혼자 다 떠든다. 제법 손짓 발짓이 그럴듯하다.

"저녁에는 오랜만에 얼갈이 배춧국이나 끓여야겠어요. 파나 한 단 사 올게요."

일부러 아기를 맡기고 장바구니를 들고 나가는 김 여사다.

인간세상이 이런 것이었나, 아직 피어나지도 못한 봉오리를 추하고 비참하게 짓밟고도 어제와 조금도 다르지 않은 행동과 표정, 아침 조례 시간에 나도 모르게 전신과 손등까지 소름이 확 돋자 옆자리 이 선생이 놀라서

"왜 그래요? 어머 저 얼굴에도, 목에도 소름 좀 봐."

놀란 듯 토끼 눈이다. 온몸에 번진 소름에서 얼음덩이 같은 찬 기운이 일어 전신을 훑어 내리며 후들후들 떨린다. 그 후 아침 조례 시간에 아예 참석할 수가 없었다.

내가 살고, 내 가족이 사는 이 나라에, 지성인 중 지성인의 업무실에서 행해지는 원시 미개인보다 더 추하고 악랄함을 내 눈으로 보았다. 짐승! 지금까지 나는 세상이 아름다웠다. 교육자임이 자랑스러웠다. 아버지도, 남편도 우린 자랑스러운 교육자였다. 분명 어젯날도, 오늘날도 내가 근무하는 학교는 그대로다. 나를 둘러싼 세상이 온통 거짓으로 포장되어 있고, 인간의 가치조차 왜곡되어 있단 말인가. 내가 세상을 잘못 알고 있었단 말인가. 다음 날도, 또 다음 날도 너무도 변함이 없는 아이와 교장을 보면서 이럴 때 내가 어떻게 해야 하는가. 어제도 점심시간이 끝날 무렵 양치하고 들어오다가 교장실에서 나오는 그 아이를 보았다. 당연히 아이와 교장에게 이젠 멈추도록 해야겠지만 짐승과 마주할 자신이 없다. 저 둘을 보면서, 또 나를 보면서 세상에 참된 인간성이 사라지고 있는 것 같다. 나도 이기적인 면을 숨겨놓고 이 구덩이서 웃으며 살고 있었다. 언말에 미리 싱님 쪽으로 전근을 희망한다고 서류 제출했다. 허나 속내는 옮긴다고 계속 근무할 자신이 없다.

·차마 말할 수 없었다·

새해 성남으로 발령받고 학교로 인사하러 나갔다. 마침 교장 선생님이 친정아버지 제자라고 반가워하신다. 교장실을 나와 복도에서 학부모인 듯 보이는 부부가

"혹시 미술선생 민 선생을 만날 수 없을까요? 화영 중학교에서 전근 오셨는데요."

"전데요, 무슨 일이죠?"

"이민희 학생 아시죠?"

"난 모르겠는데요. 담임을 한다거나 미술부 학생이 아니면 이름을 잘 몰라요."

말은 그렇게 하지만 가슴이 먼저 신호를 보낸다. 잊으려고, 지우려고 여기까지 왔는데 따라오다니, 벗을 수 없는 멍에구나. 또 속이 울렁거린다.

"선생님, 잠시 시간 좀 내서 말씀 좀 듣고 싶어요."

미술실로 모셨다.

"선생님, 한없이 부끄러운 일이지만 우리 민희가 임신을 했어요. 하도 입을 열지 않아서 홑몸도 아닌 애를 두들겨 팼어요. 그랬는데 글쎄 아이 애비가 교장 선생님이랍니다. 기가 막히지요, 억장이 무너지는 것이 어떤 것인지 모르죠? 학교로 갔더니 교장 선생이 펄쩍 뛰어요. 다음 날, 민희를 데리고 또 갔는데 글쎄 이 아이 처음 본다며 민희를 보고 거

짓말하면 못쓴다고 타이릅디다."

순간 민 선생은 현기증을 느끼며 심하게 구역질까지 했다. 그들은 교장의 너무도 천연덕스러운 연극에 오히려 자기 딸을 또 다그치며 매를 들자 증인도 있다더니 민희가 문을 잘못 잠그는 바람에 미술 선생한테 들킨 적도 있다고 하더란다.

어지럽고 매스꺼워 견딜 수가 없다. 심장이 갈라지는 듯, 타고 있는 듯, 지옥 불구덩이다. 구역질을 억지로 참다가 그날 그 아랫도리가 나타나면서 또 토를 했다. 온몸과 목덜미, 얼굴에도 진땀이 줄줄 흐른다. 쓰러질 것 같다. 핏기 없이 창백한 얼굴로 심하게 진저리를 치며 쓰러질 것 같으니까 부축하려는 그분에게

"건드리지 마요!"

어떻게 그런 발악이 나오는지, 무의식적으로 자신도 모르게 몸을 치 떨었다. 내가 살면서 이렇게 발악하듯 고함을 질러본 적이 없다. 갑작스러운 내 행동에 그분들이 아프신 줄 몰랐다고 미안하다며 일어나서 나갔다.

내 정신이 아니었다. 그 순간을 견딜 수 없어 몸이 반응을 한 것 같다. 그 아이의 아픔을 모른다고 발뺌할 뜻은 아니었다. 하지만 결국 나도 교장과 같은 인간이 되고 말았다.

어떻게 그럴 수가! 인면수심(人面獸心)이 이런 거구나. 그

아이에게 천연덕스럽게 거짓말하면 못쓴다고 점잖게 타이르다니. 나는 또 이게 뭔가, 이러고도 교육자라고? 더 이상 아이들 앞에 설 용기가 없다. 나도 인면수심.

다음 날.

민 선생은 사직서를 우편으로 제출했다. 며칠 후 교장 선생님으로부터 어떻게 된 거냐는 연락을 받았다며 친정 부모님이 오셨다. 제일 답답한 사람은 남편 주 선생이지만 남편에게도 시종일관 쉬고 싶다는 말뿐 할 말이 없다. 안방에 혼자 있게 두고 거실로 나온 어른들은 이해를 못 한다.

"이보게 갑자기 돌변했다는 것은 분명히 이유가 있을 터요, 남편이 모른다면 누가 알어?"

객관적으로 보면 장인의 말씀이 맞다. 허나 남편 주 선생이 더 답답하다.

"지난해 가을, 출산휴가 끝나고 출근하자마자 학교 행사로 엄청 바빴어요. 그때부터 좀 이상타 싶다가 점점 심해져서 저는 자꾸 휴학계를 내고 더 쉬라고만 했지요. 학교 옮기고는 조금 나은 것 같아서 다행이라 여겼어요. 그런데 부임 첫날 점심때쯤에 퇴근을 했다는 아줌마 말에 아픈가 보다 했는데 느닷없이 김 여사에게 봉투 하나를 주면서 등기로 부치라고 하더랍니다. 그것이 사직서였어요."

지금까지 남편에게도 말이 없는 걸 어쩌겠냐고 기다려볼 수밖에 없는 노릇이라고, 마음이 좀 안정되고 때가 되면 말하리라 믿고 기다리겠다는 사위다. 듣고 보니 오히려 사위에게 미안하고 고마운 부모님이다.

　"고맙네, 주 서방. 기다려보는 수밖에. 그리구 당신은 주 서방 출근하면 수시로 야한테 와서 대화를 하구. 이보게, 쟈가 교회는 잘 나가는가? 목사님께 기도 좀 부탁할까?"

　"둘째 출산 후 교회도 안 가고 성경책도 어디 있는지 몰라요."

　교회도 가고 싶지 않다. 목사님은 인면인심일까, 주변의 모든 사람이 다 속내는 수심(獸心)으로 보인다. 내 남편은 믿어야 될까? 우리 아버지는? 내 아이들 이런 엄마가 키우다니 어쩌나. 이런 엄마, 이런 세상. 겨우 백일 지난 내 아들, 우리 아기 어쩌나. 생각하면 물도 넘어가지 않는다. 대학병원 근무하는 남편 친구의 소개로 심리학 박사님이 일요일인데도 방문하셨지만 한마디 대화도 못하고 가셨다.

　"여보, 당신 출산 우울증 같은데 박사님과 대화를 좀 해보지 그랬어요. 혹시 나하고 인연이 있는 사람들이라 싫으면 장모님이랑 같이 다른 병원 신경 정신과로 가봐요. 요즘은

약물치료가 우울증에 효과가 좋다는데."

남편의 걱정에 한없이 미안타.

어느 날은 온 세상 사람들이 인면수심으로 보이다가 어느 날은 자신이 인면수심으로 보인다. 어떤 알 수 없는 기운이 핏줄처럼 내 몸에 뒤엉켜있다. 내가 왜 그랬을까, 사실을 말해주기 싫었던 것도 아니면서 민희 부모님이 그렇게 가셨다. 너무도 미안하고 진심으로 사과하고 싶다. 하지만 그분들을 다시 대면할 자신이 없다. 따뜻하게 위로를 해야 하는 스승이 순간적인 발작으로 인해 진실을 밝히지 못하고 그 아이는 더 큰 상처를 입었을 게다. 따뜻하게 손잡아 주고 민희를 위해 쓰라고 위로금이라도 넉넉하게 줄 걸, 밤을 새우며 생각하다가 또 토했다. 내가 나를 이해 못 하겠다. 사람이 싫다. 사람이 두렵다. 가족들은 나를 두고 꼬치꼬치 마른다고 걱정들하고 있다.

아! 진실이 이토록 하찮게 뭉개질 수도 있구나. 왜곡된 현실이 쇠붙이처럼 차갑게 다가온다. 바로잡을 용기가 없다. 섬뜩하다.

그동안 잠이 안 온다고 1회 용량의 수면제를 며칠에 한 번씩 샀는데 그걸 먹지 않고 몰래 모아뒀다가 어제 한꺼번에 먹었다. 마침 약을 삼키는 순간 김 여사가 들어오자 당황해서 급하게 삼킨다는 것이 사레가 들어 일부는 입 밖으로 튀어나오는 소동이 있었다. 김 여사는 곧장 주 선생께 연락하고 119에 연락했지만 응급실 가는 동안 벌써 잠들었다. 곧 위세척을 하고 포도당 5% 링거를 빠르게 주입해서 혈액 농도를 묽게 하면서 걸러내는 등 빠른 처치로 생명엔 지장이 없지만 우울증은 심각하다.

"여보, 우리 아이들요. 저 아이들에게 엄마가 얼마나 소중한지 알잖아요. 내 소원 하나 들어주세요. 제발 당신 우울증 치료합시다. 병원과 주치의는 당신이 선택하고 결정해요. 이게 다 내 잘못이요. 출산휴가를 좀 더 연장 했어야 하는데 출산 우울증은 그리 길게 가지 않고 아기가 방긋방긋 웃기 시작하면 나아진다고 해서 나도 그렇게 믿었어요. 그래서 진즉에 서둘지 않았구요. 이제라도 치료합시다. 일주일에 한 번만 가서 처방받읍시다."

남편의 애원이 너무도 미안해서 수긍을 했다.

두 번째 상담하는 날 모든 걸 털어놨다. 물론 남편에게는 함구하기로 약속하고. 주치의 말씀은

"민 선생도, 교장도 본인의 마음은 불편하겠지만 그 아이에겐 차라리 잘한 것입니다. 어차피 평생 책임질 것 아닌데

어설프게 돈 몇 푼 쥐여주고 동정한다면 우선 당장은 병원비라도 보탬이 될지 모르지만 그 아이는 정말 평생 자신을 폄하하며 열등의식에 사로잡힐 겁니다. 그 돈이 오히려 그 아이 삶에 걸림돌이 되겠지요. 하지만 두 분은 그 아이에게 두 주먹을 불끈 쥐게 했어요. 오기로 이를 악물게 했어요. 생채기를 보듬는 것보다 두 주먹을 쥐게 하는 것이 세상을 굳세게 살아가는 원동력을 준 거지요. 디딤돌이 된 것입니다."

최 박사님의 말씀이 조금은 납득이 되고 위로가 되는데, 그것도 따지고 보면 나를 위한 해석이 아닌가 싶다. 일종의 소피스트(sophist)다.

"민 선생이 그 아이 부모님 앞에서 사실을 밝히고 그분들과 아이까지 포용하고 보듬어줄 만큼의 그릇이 크지 못했던 겁니다. 자신의 충격만으로도 감당이 되지 않은 상태에서 뭘 하겠어요. 내 발등의 불도 못 끄는 입장이었잖아요. 자책하지 마세요."

한 해, 두 해 어찌 되었건 시간은 흐른다. 그동안 산사에서 심리상담 전문 스님과 함께 생활하기도 했다.

벌써 그때 백일이던 작은아이가 군 복무 마치고 복학과 졸업, 과정을 다 치르더니 원하던 공부 더 하겠다며 독일로 갈 준비 중이다. 남편과 가족들에게는 늘 미안한 마음으로 무겁다.

몇 년 전 내원암에 있을 때 비구니 스님께서 하신 말씀이 맞는 것 같다.

"끝까지 지치지 않고 보살님을 보듬어주시는 남편이 든든하니까 믿는 구석이 있어서 더 마음을 다잡지 못하고 허성한 겁니다."

그래서 결심도 여러 번 했다. 하지만 나도 그게 안 된다. 사람을 만날 수 없다. 그때만 해도 단순하게 저 사람은 인심(人心)일까 수심(獸心)일까 두려운 정도였는데, 해가 거듭되면서 그런저런 이유 없이 그냥 사람이 두려워졌다. 낯선 사람 앞에서는 가슴이 뛰다가 호흡곤란이 오곤 했다. 스님이 일부러 시장에도 데리고 가시는데, 무심한 사람들은 그냥 지나칠 수 있다. 누군가 말을 건넨다거나 관심을 주면 나도 모르게 깜짝 놀라며 심장이 뛰기 시작한다. 그래도 태연한 척하려고 애쓰지만 스님은 이미 눈치채고 팔짱을 껴주고 등을 토닥토닥하곤 하셨다.

이십십 년이 지나고 내인기피증이 조금씩 나아질 때쯤, 나름대로 노력하기 위해 집으로 와서 어설프지만 살림을 맡은 지가 2년이다. 오늘 처음으로 도우미도, 남편도 없이 혼자

마트엘 가려고 나섰다. 현관에서부터 심장은 두방망이질인 데 마트에서

"안녕하세요? 오늘은 혼자 오셨어요?"

이웃 아주머니 인사에 얼마나 놀랐는지 쓰러지면서 급하게 진열대를 잡다가 진열된 물건이 우수수 떨어지는 사고가 생기고 말았다. 심장이 뛰는 정도가 아니라 온몸이 물렁뼈로 이뤄진 것처럼 휘청거리며 다리에 힘이 쏙 빠져서 서있기도 힘들었다. 마트 측에서 깨지거나 훼손된 물건은 없다며 괜찮다고 좋은 표정으로 말해 주어서 고마웠지만 결국 아무것도 사지 못하고 집까지 간신히 왔다. 집에서도 안절부절못하는 모양새를 눈치채고 아줌마가 안정제와 물을 들고 왔다. 퇴근한 남편에게 보상해줄 거 없는지 마트에 가보라고 했더니 다녀와서 별 이상 없다고 걱정 말란다.

올 연말이 남편 정년이다. 퇴직하면 충청도 산골, 산 설고 물선 곳으로 비접하기로 했다. 여름 방학이라 비접할 집 보려고 잔뜩 들뜬 기분으로 출발했다. 생판 낯선 충청북도 괴산에서 물 좋고 경치 좋은 곳을 찾다가 읍내서 속리산 국립공원 방향인가 조금 가다가 마음이 머무는 곳에 차도 멈췄다. 제법 큰 내가 있고 적당할 것 같아서 차로 5분 정도 거

리의 면 소재지 부동산을 찾았다. 마침 집주인이 퇴직하면 귀농을 하겠다고 집을 지었는데 당분간 LA에서 사업하는 아들을 도와야 한다며 전세를 놓는다는 집이 있다. 아주 안성맞춤이다. 선 자리서 계약을 했다. 그리고 여름 방학을 여기 괴산군 청천면 속칭 뒤뜰에서 지내기로 했다.

이사라고 할 것도 없이 가구와 세간 등 웬만한 건 다 집에 두고 남편 차에 이부자리랑 우선 입을 옷가지와 주방 기구들과 음식 재료들 약간 싣고 왔다. 그리고 친정 동생이 또 일부 짐을 싣고 왔다. 세탁기 냉장고, 전자레인지 등 가전제품은 새로 샀다. 오는 사람마다 좋다고 한다.

"이거 집 사서 우리 별장으로 써요."

이 정도로 다들 탐내는 집이다. 무엇보다 전망이 아주 상쾌하다. 적당히 넓은 들판이 한쪽으로 보이고 구부러져 흐르는 냇물과 건너편 바위들, 또 강가 숲이 좋다. 너무 야단스럽지도 않고 옹색하지도 않으면서 그림 같은 집이다. 여름방학뿐 아니라 겨울방학도 뒤뜰에서 보냈다. 남편 정년퇴임 당일에 내려와시 진입신고까지 했다.

생판 낯선 곳이지만 불과 한두 달 만에 이웃과도 터고 살수 있게 되었다. TV 드라마에서 보던 그런 할머니들이다. 세

상과 터고 살면서 우울증 약도 끊었다. 도우미도 보냈다. 이
웃과 대화도 잘하는가 하면 뒷집 할머니께서 고구마라든지
이런저런 음식들을 들고 오시면 고맙다고 집 안으로 모시
고 와서 과일 대접도 한다. 집 안에 타인을 들이는 건 처음
이다. 어제도 쑥 개떡이라면서 들고 오신 뒷집 할머니와 농
담도 하고, 크게 소리 내어 웃기도 했다. 실제 많이 의젓해
지고 조금씩 노력을 하는 모습이 보이자 남편은 소일거리를
만들어 주기 위해 하반기 복지관 프로그램을 검색해서

"여보, 기타를 할까 가야금을 할까? 나는 기타 할 거야."

"나는 가야금요."

남편은 같은 요일 시간대에 기타 반에 등록했다.

벼르고 벼르던 소설 한 권 읽는 기분으로 듣기 시작했지
만 처음에는 황당했다.

그는 일생에 딱 한 번 못 볼 것을 본 죄로 반평생을 스스
로 자책질하며 생을 보냈다. 나, 권찬수의 눈에 그는 참으로
때 묻지 않은 영혼의 소유자이긴 하다. 하지만 솔직하게 말
한다면 그 실수라는 것이 사람에 따라서는 우울증까지 불러
올 만큼 대단하게 가책을 받지 않을 수도 있는 일이라고 생

각했다. 가해자도 아니요, 피해자도 아니다. 하지만 목격한 사실을 밝히지 못했다는 자신의 행위가 평생 용서되지 않았던 것이다. 그의 말은 어린 제자를 두 스승이 짓밟은 꼴이 되었다는 것이다. 맞는 말이다. 제자를 보듬어주지 못했다는 죄책감과 두 번 꺾었다는 생각, 바로 그것이 견디기 힘들게 했다. 하지만 내 생각엔 정면으로 마주친 짐승 같은 그것을 보았으니 충격이 어마어마했기 때문에 민희를 보듬어줄 마음의 여유가 없었던 것이라는 생각이 들자

"그렇구나."

나도 민 선생처럼 그랬을 것 같다. 나는 상상만으로도 속이 역겹다. 차마 말을 못했지만 더러는 그것이 잠들기 전에 언 듯 언 듯 영상으로 지나가기도 했을 것이다. 그때마다 얼마나 소름 끼쳤을까. 본인도 이겨내지 못한 충격인데 어떻게 제자를 따뜻하게 포용할 여유가 생기겠는가.

그와 만나면서 차츰 느낀 것은, 그는 다만 민희의 삶을 위해 기도하는 마음 외엔 세상에 미련이 남을 것이 없다는 것. 그래서 종교가 없어도 성직자보다 더 여유롭고 편안하게 삶의 수순에 따라 죽음을 맞이할 수 있었던 게다.

직업이 counselor(카운슬러)인 나는 대화의 재료를 많이 구하고 저장하려고 노력한다. 그래서 늘 동분서주하며 더 차

원 높은 지식을 얻으려고 발밭게 뛰고 있다. 이런 나 자신과 민 선생과는 다르기 때문에 살짝 오버한다고 오인을 했던 것 같다. 오버가 아닌 것을.

어찌 보면 그가 평생 맑은 영혼을 유지할 수 있었던 것은 아무 연고도 없는 암자에서 휴양을 한다거나 산골로 와서 속세를 벗은 사람처럼 반성과 자책을 안고 영혼 불구자로 산 것이 오히려 세상의 때를 씻는 계기가 되었지 싶다.

인간은 산다는 것에 대하여 구구한 해석도 많고, 남이 사는 모습에 대한 비평도 많으며, 또 자기의 인생에 대해 후회와 반성도 하게 된다. 하지만 해석에 따라 관점에 따라서는 너무나 당연한 삶의 모습들이 무상함으로 느껴질 수도 있다. 우리가 당연하게 삐거덕거리며 살고 있는 생활 모습을 민 선생의 시선으로 바라보면 혼란이 올 수도 있을 게다.

지난봄이다.

차 한 잔씩 들고 너럭바위에 앉아서 내게 물었다.

"권 선생님은 지금 삶이 행복하시다고 했어요, 그 행복이 몇 프로 정도인가요?"

질문을 받는 당시, 이미 차원이 다른 경지에서 인생을 논하는 자세 같았다. 세상물정과는 격리된 온실의 연약한 화초가 아니었다.

"나는요 그런 거 계산 안 해요. 몇 프로든 상관없어요. 열 가지 상황 중 하나만 행복하면 다른 거 밀치고 그 하나로 행복 찾아요. 요즘은 명예욕 한 보따리 내려놓으려고 엄청 노력을 해요. 고놈만 없으면 진짜 온전하게 행복할 것 같아서요."

미소를 머금으며 듣고 있던 민 선생의 뜻밖의 말은

"권 선생님은 그 꿈 없으면 낙이 없어져요. 사람이 살아가는 힘의 원천이 꿈이요 낙인데 선생님한테는 그것이 꿈이잖아요. 욕심이 아니라 욕망입니다, 욕망은 열정을 부추깁니다."

나를 꿰뚫고 있었다. 실은 근래 상담센터 현판도 내리고, 도내 심리 상담학계 단체에서 맡고 있던 직책도 벗었다. 태연한 척하지만 허전한 건 사실이다. 내가 내담자가 되어 모시던 스승님이신 충북 상담심리학회 회장님을 찾아가볼까 생각도 해보던 참이었다.

"이제야 알겠네요. 떼어내려고 그렇게 애를 쓰고 또 떼어냈다고 손 털며 편안하다고 했는데, 어느 순간 눈을 뜨자 또 달리붙이 있었어요. 그것이 내가 사는 이유였기 때문이었군요, 맞아요."

그렇게 내 꿈과 낙이 사라지면 살아갈 이유를 잃어버린다는 이치를 선명하게 각인시켜 준 조언을 되뇌며 그날, 나는 많은 생각을 했다. 꿈을 먹고 사는 권찬수. 그땐 그랬지, 삶이 끝나는 날까지 꿈을 먹고 살 줄 알았지.

주 선생님이 저녁 준비되었다고 부르는 바람에 우리 둘만의 공간에서 일어났다.

해가 바뀐 어느 날. 나는 꿈을 달리했음을 알게 되었다.

"내가 그동안 자신의 내실을 위한 노력보다 타인의 이목을 더 신경 쓴 것 같아요. 꿈의 방향을 내실 중심으로 돌렸어요. 말하자면 '내 삶의 기준이 나가 아닌 체면 체통이었다. 이젠 나를 중심에 두기로 했다.' 그건 바탕에 깔려있던 명예욕을 내려놓았다는 의미지요. 참 편안해요. 상담실 현판 내리고 이젠 나를 중심으로, 아내의 자리와 엄마의 자리에 충실하면서 수십 년 쌓인 사연들 쏟아놓을랍니다."

민 선생은 그 사연들을 품은 책이 정말 궁금하다면서

"여기 우리 집에 오세요, 여기서 쓰세요. 꿈의 방향 결정은 참 잘하셨어요."

나보다 더 좋아하던 민 선생이 궁금증을 풀지 못하고 떠났다.

언제가 될지는 모르지만 쌓인 사연들 문자로 엮어 세상에 나오면 민 선생 당신 영전에 꼭 드리리다. 차마 말을 못했던 당신의 속내를 폭파하고 떠났으니 그나마 시원하오.

11월의 여인들

_ 첫눈은 연습 삼아서 오기 때문에 쪼끔 온다더니 올 첫눈은 원 없이 함박눈이다. 너무 서둘러 온 탓에 소담한 눈송이를 받아 쌓지 못하고 온 산천만 촉촉하게 적신다. 여름비도 이렇게 사뿐사뿐 고이 오면 좋겠다. 가끔씩 정신없이 쏟는 작달비는 허공을 떠도는 원혼들이 한풀이로 쏟아붓는 것 같아서 무섭기까지 하다. 일기예보는 내일모레부터 맑고 포근해진다니 다행이다.

현 여사는 더 이상 김도 오르지 않는 싸늘해진 커피 잔을 들고 남편이 깔끔하게 월동 준비 마친 창밖 정원에 눈길을 멈추고 표정이 그윽하다.

내년 봄엔 막내가 결혼을 하겠다지, 게다가 그이가 말띠라서 삼재 드는 해다. 동안거기도에 특별히 정성 들여야 한다. 음력 시월 보름 동안거 백일기도 입제일이 올해는 양력 11월 14일이라 이미 지난여름부터 벽 달력에 동그라미 진하게 해두었다. 마침 월요일 도서관 휴일이라 사서로 일하는 욱이네가 같이 가자고 현 여사에게 미리 전화를 했다. 욱이네는 십여 년 전, 현 여사가 사흘도리로 도서관 가서 살다시피 할 때 알게 된 문단 후배 시인이다. 둘이서 화계사 가는 둘레길 나무 틈새로 피어오르는 물이끼 냄새 함께 마시고, 겨울이면 솔잎이 연출하는 눈꽃길 함께 걸으며 정이 도타워져서 나이는 잦혀두고 격 없는 옴살 벗이 되었다.

　산길은 숲이 우거지면 우거진 대로 앙상하면 앙상한 대로 지니고 있는 매력과 철학이 있어 두 여인을 빠져들게 한다. 그래서 늘 화계사 가는 날은 부러 대중교통을 이용한다. 사거리부터 올라가는 산길에서 만나는 이들은 누가 먼저랄 것 없이 합장하고 허리만 굽히면 말이 없어도 도반이 된다. 여럿이 오를 때면 세상 사는 이야기가 쏟아지고 욱이네와 현 여사가 둘이서 오르면 인기척에 놀라 비상하는 새들과 길가 풀숲까지 모두 그 자체가 시(詩)가 된다. 고개 돌리면 시야에 들어오는 인간세상 삶의 숲 빌딩들 또한 끝없는 이야기 샘이다. 우리는 눈과 가슴으로 이야기가 흐른다. 언젠가 농익은 가을 10월 어느 날, 현 여사는 비 그치고 혼자 둘레길을 벗어나 절 밑에 다다랐을 때였다. 여름 소나기가 파놓은 작은 물웅덩이에 떠있는 가을 잎 하나가 외로워 보였는지 파란 하늘이 새털구름 뒤 조각 거닐고 내려와서 함께 동동 벗이 되는 그림 같은 장면을 본 적이 있다. 그 장면은 가끔 또렷한 영상으로 되살아나 평화롭다.

이파리를 떠나보낸 나뭇가지도, 떠나 온 이파리도 한때는 혈기 왕성한 시절이 있었지. 산소동화작용 같은 임무는 잦혀두고라도 새들의 둥지에 비바람을 막아주고 나그네에게 쉴 그늘을 주며 온 산천에 에너지를 풍겼어. 하지만 너 자신은 얼마나 좋은 일을 했는지 모를 거야. 내가 눈앞에 닥친 현실에 급급해서 지금까지 무슨 짓을 하며 살았는지 모르듯이 말이다. 아마 나도 너희들처럼 보람된 일도 더러는 했을 거야.

한때, 나를 지시하는 나를 찾으려고 애쓴 적이 있지만 찾지도 못하고 깨달음도 얻지 못한 채 방황했었다. 나를 찾으려고 나서지 말고, 현실과 맞서지도 말고 현실을 가꾸면서 살기로 했다. 현실이 곧 미래니까. 현재를 소홀히 하는 것은 평생을 소원하게 살게 되는 것 같아서다.

작은 웅덩이에서 만난 그 아름다운 영상처럼 땅과 하늘, 내 영혼이 한 구덩이에서 하나 되어 같은 그림을 그리며 무언가를 갈구하는 것이 아니라 함께 놀기로 맘먹었다. 그래놓고 습관처럼 무언가를 갈구하게 된다. 내일 모래 화계사 가는 날도 그 웅덩이에서 조각구름과 하늘을 만날 수 있으려나 잡동사니 생각들이 현 여사의 잠을 쫓는 밤이다.

오늘 같은 날은 많이 북적일 터라 서둘러 가자고 약속을 했다. 현 여사가 화계사 사거리에 내리자 욱이네는 손을 비비며 동동거리고 서있다. 버스에서 내려 11월의 산을 오르는 도반들이 대부분 인생 11월쯤으로 보인다. 언제나 그러했듯이 오늘도 11월의 여인들은 버스 정유소에서 큰 절까지 가는 길 위에다가 살아온 사연들을 쏟아놓는다.

누군가는 웬수덩어리 남편을 원망한다. 좀 태워다 달라니까 빈둥빈둥하면서도 혼자 가란다고. 옆에서는 웬수덩어리라도 있을 때 잘하란다. 보내고 나면 평생 후회한다고. 앞서 가던 도반은 소리를 높인다.

"바랄 걸 바라지 뭘 평생 속고 살면서 웬수덩어리한테 기대를 하세요. 나는 아예 절에 간다는 말조차 안 해요. 며느리가 태워가지고 오는데 오늘은 배가 만삭이라 못 왔지요."

은근슬쩍 며느리 자랑하는 도반을 모른 척하고 욱이네도 거든다.

"일찍 좀 일어나라고 깨울 때는 꿈쩍도 않다가 상 차려놓고 나오는데 일어나서 밥 달라잖아요. 평소 같으면 차려놨으니 국 데워서 먹으라고 했을 테지만 정성 들이려고 절에 오는 날이라 억지로 웃는 얼굴로 차려주고 왔어요."

"잘했어요, 모두들 사정 얘기 듣고 보니 지난달 큰스님께서 하신 말씀이 가슴에 닿네요. 인생길을 가다가 발끝에 차이는 것이 없고, 바람도 비도 없으며, 구부러지지 않은 직선 고속도로라면 무슨 재미로 살까요? 졸다가 사고 나겠지요. 그런저런 것 우리 살아가는 데 필요한 양념이라 여기라고 하셨지요."

현 여사의 말에 여인들은 고개 끄덕이며 공감대를 표시한다.

"스님들은 평생 수행만 하시는데 우리네들 세상살이를 어쩜 그렇게 잘 파악하는지요."

"그러게요."

웬수도 그냥 웬수가 아니고 덩어리 웬수의 건강을 빌기 위해 11월의 여인들은 11월의 산길을 걷는다. 다가오는 자신의 12월을 위해서가 아닌 끈끈한 정보따리 내 웬수들을 위해서다. 자식들 조금이라도 더 잘난 놈 만들 욕심에 아등바등 눈코 뜰 새 없던 어미들이 자식들은 이제 됐다는 데도 이 추운 날 파스 냄새 풍기며 산을 오른다.

사계절 쉼 없이 펌프질해서 이른 봄에 움 틔우고 햇빛 받아 키워놓으면 저 잘났다고 펄럭이다가 떠나는 이파리들을 지켜보는 나무 둥지 심정과 동지섣달 칼바람에도 쉼 없이 애절한 어미 심정이 상통하여 눈빛이 광채를 띠는 것 같다.

저 뒤에 처져서 머리에 쌀자루를 이고 힘들게 오르는 보살님은 이미 11월을 보내고 12월의 생이 아닐까 싶다. 이파리들은 떠나갔지만 새로 움틀 아기들을 위해 앙상한 가지마다 큰 둥지를 따라 바쁘듯, 이미 품을 떠났지만 떨어져 간 자식들을 위해 또 그 자식의 자식을 위해 애절한 마음으로 저렇게 쌀자루를 이고 산길을 오른다. 하나님이나 천주님이나 부처님이 아니라도 자식 위해서라면 나무든 바위든 하늘이든 땅이든 엎드려 애간장 다 쏟아 두 손 모아 기도하고 싶은 어미 마음, 그 자체가 종교다. 현 여사가 할머니의 쌀자루를 받아 들었다. 허리를 제대로 다 펴지 못하신다.

"젊을 때는 저 위 삼성암에 다녔어요. 인자 몸이 낡아서 버거워요. 하도 힘이 들어 여기 큰절로 옮겼어요. 마음은 그대론데 내가 몸을 너무 과하게 부려 먹었나 봅니다."

하시며 웃으시는 치아가 아주 곱게 반짝이며 가지런하다. 틀니 같은데 비씨고 좋은 깃인가 보다. 그러고 보니 옷이며 신발도 고급들이다. 이 정도면 간단하게 불전 봉투만 들고 오셔도 될 터인데 싶어 물어봤다.

"자녀분들이 다 성공하셨나 봅니다."

"성공이라기보다는 걍 다 지 앞가림은 하고 살아요. 큰아들 내외는 영국서 대학교수하고, 작은아들은 지법 큰 회사 차렸어요. 공장은 수원에 있고 야들은 서초동에 살아요. 딸년은 허구헌 날 그넘의 바이롱만 삐삐거려서 걱정했는데 '호박(확) 깊은 집에 주둥이 긴 개 들어온다.'라는 속담이 맞아요. 사위까지 남자가 허구헌 날 피아노에 앉아서 콩나물 대가리만 그린답니다. 그래도 용케 대학교 교수를 해요. 콩나물 대가리 교수요."

늘 콩나물 대가리 교수라고 놀린다며 계면쩍게 웃으신다. 피부도 곱지만 표정이 참 온화하시다. 여유롭다. 역사 깊은 암자 같은 모습이다. 언제나 여유롭게 긍정적인 마음으로 살아온 자취일까, 팔자가 좋아서 평화로운 가정으로 시집을 간 탓일까 외모에 나타나는 모습이 정말 곱고 품위가 있다. 성품이리라.

"보살님의 기도 덕분인가 봅니다. 살림도 넉넉하신데 이젠 쌀자루 무겁게 이고 오시지 말고 불전만 들고 오시지 그러세요."

욱이네의 말이 떨어지기 무섭게 눈을 커다랗게 하고 놀라시는 표정이다.

"그럼 안 되지요, 배신이지요. 새닥 때부터 농사지은 쌀이 방앗간에서 오면 젤 먼저 공양미 바칠 꺼 항아리에 담고, 두 번째 항아리는 조상 제사 모실 꺼 담아둬요. 내가 몸이 안 좋아서 올 햅쌀은 오늘 처음 바치는 겁니다. 돈은 돈이고, 이건 올해 농사에 대한 감사인사지요."

그렇구나. 자식들 다 평화롭게 살 수 있음은 정성이구나. 저렇게 때 묻지 않은 정성을 어느 신이 외면하랴. 부끄럽다. 어르신 앞에서 부끄럽고 부처님 앞에 부끄럽고 무엇보다 나 자신에게 부끄럽다. 감사인사라신다. 배신이라신다. 그동안 남편 승진 위해 기도하고, 자식들 합격을 위해서 한결같이 봉투 놓고 발원만 했지 감사하다고 봉투 들고 온 적이 없다. 갑자기 발걸음이 떨어지지 않는다. 절에 들어설 면목이 없다. 욱이네가 의아한 듯

"현 선생님, 왜 그러세요? 그 쌀자루 이리 줘요."

이거 무게 때문이 아니라고 말해도 한사코 쌀자루 뺏어 들고 내 팔을 당기며 걷는다. 들고 있던 보따리를 주고 나니 맘의 무게는 더 무겁게 찍어 누른다.

무슨 맘으로 어떻게 법회를 마쳤는지 점심 공양까지 동작 하나하나마다 영혼 없는 기계처럼 지나갔다.

"욱이 엄마, 우리 저쪽 빨랫골까지만 걷다가 가자, 걷고 싶어."

"그래요, 나도 걷고 싶어요. 그저께 함박눈이 공중에서 어찌나 요염하게 춤사위를 벌이는지 바람난 여인처럼 가슴이 설레고 센티해져서 곧장 여기 북한산으로 오고 싶었어요."

"나는 있잖아, 저 앙상한 가지에 아직 남아있는 이파리를 보면 자꾸 우리 막내 생각이 나. 내년 봄에 결혼하면 마지막 내 품을 벗어나는 이파리구나 싶어."

"그래서요, 섭섭해요 아님 시원섭섭해요?"

"모르겠어, 이파리 다 떠나보냈다고 저 나무 둥지들이 시원섭섭할까? 뿌리는 뿌리대로 겨우내 땅속의 영양분과 물 흡수하느라 바쁘고 둥지와 가지들도 봄에 움 틔울 준비하느라 풀가동하잖아. 아침에 만난 그 할머니는 자식들 다 성공시켜 놓고도 감사기도까지 쉼 없이 하잖아. 걱정거리 없을 땐 가족 건강 유지해 주셔서 고맙다고 인사 기도하고 의식주 걱정 없어 감사하고, 나 큰 충격 먹었어, 부끄러워서 차마 법당에 못 들어가겠더라. 욱이 엄마는 감사기도 얼마나 했어?"

"아들 결혼 시켰을 때 감사하다며 앞으로 잘 살게 해달라고 기도했어요. 그러고 보니 순수 감사기도가 아니네요, 발원도 함께했어요. 그 할머니가 참 중요한 걸 깨닫게 했군요. 부끄러워요."

"그런 거 보면 기독교는 감사절이라고 정해놓고 함께 감사 예배 드리는 행사 참 잘하는 거죠. 기독교에 비하면 불교는 좀 개인플레이 같아요."

말없이 얼마나 걸었는지 빨랫골이다. 말하지 않았지만 둘은 자연스럽게 양지바른 벤치에 앉았다. 연두색 어린잎은 여리고 예쁘게, 녹색 젊은 잎은 활기차서 멋지고, 맡은 임무를 다한 가을이면 비로소 이파리들은 화려하게 뽐낸다. 이파리들의 피부색에 반해서 사람들은 단풍 관광객으로 등장한다. 이파리에 검버섯이 생기고 물기마저 증발해 버려서 가랑잎이 될 무렵이면 모든 축제가 끝나고 11월의 무대는 막을 내린다. 숲에서 이루어지는 계절의 변화는 어느 하나 아름답지 않은 것이 없다. 어느 하나 버릴 것이 없다. 새들의 지저귐도 도란도란 바람 장단에 까불거리던 이파리도 다 떠나보낸 숲은 지금 무슨 생각을 하고 있을까? 구름 뒤 조각 벗삼았던 삭은 웅덩이가 생각난다. 내 인생 12월이 되기 전에 무엇을 할까, 어떻게 준비할까. 그동안 보이지 않던, 보려고도 않던 것들에 관심이 생겼다. 생각들이 목 줄기 혈관을 타

고 내려오는지 올라가는지 분주하다. 뒤를 돌아보며

"하 선생."

욱이 엄마, 욱이 엄마 하다가 무슨 연유로 하 선생인가 나도 모르겠다. 하 선생이 대답 대신 고개 들어 나를 바라본다.

"우리가 인생 11월이네, 우리 그렇게 잘못 산 삶은 아니지? 잘 살았노라 하며 당당하게 가슴 내밀 자신은 없지만 잘 못산 건 아니지?"

"잘 살았다는 것이 뭔데요, 부모에게 효도하고 남편 잘 섬기고 자식 성공시켜 건사 잘하는 거요? 아님 유명한 인물이 되어 이름 날리는 거요?"

"글쎄 어떻게 사는 것이 잘 사는 것일까요, 살면서 크게 상처받지 않고 큰 슬픔 없이 울고 싶을 때 울고, 웃고 싶을 때 웃을 수 있는 자유가 있다면 잘 사는 것 아닐까?"

"그건 좋게 타고난 팔자, 말하자면 팔자대로 산 것이지, 자신이 산 것은 아니죠. 우리가 지금까지 잘 산다는 것, 행복이라는 것을 너무 상대적 비교로 생각해 온 것 같아요. 경제적으로 여유롭고, 부모, 형제, 가족들이 다 건강하다면 행복이라 생각했지요. 남이 보기에 충분히 행복해 보이겠지요. 하지만 스스로 만족하지 못한다면 행복이라 할 수 없잖아요. 나는요 베풀며 사는 삶이 잘 사는 거라고 생각해요. 베풀고 봉사하는 일에 보람을 느끼는 시간이야말로 참 행복이거든요."

"아침에 그 어른처럼 가족을 위해 정성을 다하고 무엇보다 감사할 줄 아는 삶이 소박해 보이지만 참 잘 살고 있다고 느꼈어요. 다만 가족이라는 울타리 안에서만 감사하고 베푸는 것 같지 않나 싶어요."

현 여사는 생각에 잠긴다. 지난해든가? 좀 아는 지인이 선배님은 지금 사는 것이 행복하시냐고 물을 때 그렇다고 했던 적이 있다. 선배님 이상이 이 정도밖에 안 되느냐는 반문에 미소만 주고 대화를 끊었다. 잘 살고 있다는 생각은 변함이 없었다. 그때만 해도 나는 그에 비하면 내가 취미 살려서 하고 싶은 것 하면서 사는 자유가 있으니 진심 행복이라 여겼다. 그는 경제적으로는 아주 부유하지만, 남편과 뜻이 맞지 않은 데다가 바람까지 피워서 하고많은 날을 싸움질로 세월에 꺼들린다고 할까 운명에 꺼들린다고 할까, 암튼 사는 게 아니라 꺼들려 가는 꼴이었기 때문에 그에 비해 행복하다고 가볍게 밀했는지도 모른다.

먹을 것 걱정 없고 편히 잠잘 수 있는 집이 있으며, 남편과 자식들 몸과 마음이 다 건강하며, 내가 하고 싶은 취미

살려 그림도 그리고 있으니 그냥 행복이라 생각했다. 달라이라마의 행복론은 높은 데서 보는 눈이 아니라 불교의 연기법처럼 낮은 곳에서 보면 사람과 숲, 더 많은 생명을 만나기 때문에 외롭지 않고 행복이라 했다. 화방에서 만나는 사람들, 절에서 만나는 사람들, 골프장서 만나는 사람들 많은 인연이 있으니 행복 아닌가.

사람이 마음을 비울 수는 없다고 나는 생각한다. 그러나 마음을 바꿀 수는 있다. 내가 지금 불교에서 간화선을 진작하여 큰 깨달음을 얻은 것은 아니라도 허욕을 버리고부터 작은 것에 만족할 줄 안다. 만족은 곧 감사로 이어지고, 감사하는 마음은 행복으로 이어진다. 감사한 마음으로 햅쌀 머리에 이고 힘겹게 산길을 걷는 할머니를 보면서 아, 저분이야말로 세상에서 가장 잘 살고 있는 분이라고 깨달았다. 그동안 눈을 뜨지 못해 내 행복은 우물 안 개구리의 행복이었던 게다.

4남매 학교 다닐 때 아침마다 참 시끌벅적했지. 어디 아침뿐이든가. 설거지에 널브러진 잡동사니 치우고 빨래 널고 나면 한나절이다. 점심이라고 대충 때우고 차 한잔하는 시간에 잠시 휴! 한다. 시장 다녀와 저녁 준비에 식구들 오는 대로 상 차리고, 치우기를 거듭하면서도 한술이라도 더 먹어주길 바랐다. 참 맹목적이었다. 그러나 그 장면에서 내가 중요한 걸 놓치고 살았다. 부산하게 정신없이 바쁜 일상, 그 일상에 의미를 담지 못하고 맹목적으로 다람쥐처럼 영혼 없이 쳇바퀴를 돈 것이다. 그래서 감사할 줄도 몰랐던 것이다. 행복을 행복인 줄 모르고 가끔은 현실에 불만족을 느끼면서 말이다.

　잡담과 웃음으로 떠들썩한 등산객들이 한패 지나갔다. 다시 잠잠하다. 현 여사는 자신이 무슨 생각을 하고 있었는지 머릿속도 잠잠하다. 욱이네가 불쑥 적요를 깨고

　"현 선생님 우리 봉사활동 좀 합시다."

　"전부터 나도 생각했던 바요, 어떤 봉사를 할까, 요양원? 소년소녀 가장?"

　욱이 엄마는 좀 진지한 표정으로

　"실은요, 제가 부러 유산을 시킨 적이 있어요. 나이가 들면서 그게 참 마음에 걸려요. 그 잘못이 자식들에게 누가 될까 봐 유니세프 세계 어린이 돕기에 매달 조금씩 기금을 보내고 있지만 직접 몸으로 보육원 아이들 돕고 싶어요."

　"그거 참 좋은 생각이네, 우리가 진심으로 사랑을 담으면 그 정성은 부메랑이 되어 우리 자식들에게 올 거야."

말을 해놓고 금방 후회를 했다. 그 부메랑을 바라고 하겠다는 것은 봉사가 아니라는 생각에 말을 해놓고도 부끄럽다.

"취소, 취소야. 부메랑이란 말은 취소야. 내가 오버했어. 속물근성 어쩔 수 없나 봐."

"봉사란 원래 자신을 위한 행위 아닙니까. 불쌍한 아이들 씻겨주며 우리의 마음도 보듬고 씻지요. 우리뿐이 아니고 대다수가 자신의 마음을 씻기 위해 봉사한다고 생각해요."

우리는 조금 넘치게 소리 내어 웃었다. 웃음소리가 북한산 골짜기를 타고 메아리로 돌아온다. 11월의 여인들은 감사한 마음과 베푸는 마음으로 보람찬 12월 맞이할 준비를 한다. 12월이 길면 봉사도 길어질 터이니, 이젠 너무 길게 살면 어쩌나 하든 걱정하나 덜었다. 12월이 두렵지 않다. 스스로 닦고 보람을 쌓는 12월이 될 것이니까.

낙엽이 가랑잎 되어 구르지만 사라지는 것이 아니라 썩혀서 몸체를 위한 밑거름이 된다는 흔해 빠진 개똥철학이 오늘은 큰 길잡이가 되었다. 11월의 여인들은 자신들의 몸체인 사회를 위해 밑거름이 되려 한다. 나를 찾고 희망을 찾고 보람을 찾았으며 살아야 하는 이유를 찾았다. 이 나이에 질주하는 고속도로도 아니요, 좁은 오솔길도 반갑잖다. 구불구불 살아온 내 삶처럼 구부러진 길에서 같은 삶을 살아온 사람들을 만나며 사람냄새 풍기고 맡으며 12월을 여유롭게 맞이할 준비를 한다. 11월의 여인들이.

부족함이 준 선물

가슴이 허허벌판이다.

허수아비가 곱사춤을 춘다.

캐리어를 꺼냈다.

아빠 퇴원하는 날이라 왔다가 지하주차장에서 캐리어를 싣고 어디론가 출발하는 엄마를 본 도경이는

"어? 이 상황은 뭐야?"

혼자 중얼거린다. 아빠 퇴원하는 날 아닌가? 뭐지? 멀뚱하게 출입구 쪽을 바라보던 중 아빠 모시러 간 도완이 오빠 차가 들어오는 걸 본다. 엄마는 캐리어를 싣고 나가고, 아빠는 퇴원 보따리 싣고 들어오신다.

"목발을 짚고라도 걸어서 올라갈 수 있어서 다행이구나."

좋아하시는 아빠를 보니 모르는 것 같다. 엄마의 상황을

차마 말할 수 없었다

꺼낼 수 없어 도경이도 웃으며 같이 올라갔다.

여느 때와 다름없이 아빠 잠옷은 얌전하게 침대 위에 놓여있고 모든 분위기가 달라진 게 없다.

"엄마는?"

아빠의 물음에 도완이도, 도경이도 어깨만 으쓱할 뿐이었다.

"하던 대로 하지 뭘 특별하게 장 보느라 나보다 늦는 거야."

행복한 투정이다. 엄마의 상황을 알고 있는 도경이는 일찌감치 주방으로 피했다. 아빠의 외출용 재킷을 넣으려고 옷장을 열던 도완이가 썰렁한 옷장을 보고

"어! 아빠, 어떻게 된 거야?"

아빠는 더 놀란 토끼 눈이다. 아침에 통화할 때도 장난끼 섞인 농까지 하던 사람이 옷까지 같이 사라져?

저녁 식사 준비가 다 되도록 침대 이불 위에 털썩 자빠지듯 누워서 꼼짝도 않았다. 식사나 하시고 기다려보자는 도경이의 말이 귀에 들어갈 리가 없다. 아빠가 외갓집 가족은 물론 절대 엄마 찾는 전화를 못 하게 하고, 엄마는 계속 폰이 꺼진 상태다. 갑자기 벌떡 일어난 아빠를 보고 있던 오누이는 뭔가 생각이 나셨나 보다 싶어 기대했다가 다시 훌러덩 드러눕는 아빠가 이상해 보였다. 시선에 초점이 없고 무표정

한 정도가 아니라 완전히 기력을 잃고 넋이 나간 상태로 허우적거리신다. 도경이가 몰래 외사촌 동생에게 안부전화 하듯 전화를 했다.

"수경아, 잘 있지? 외가댁은 모두 안녕하시구? 외할머니 허리는 좀 어떠셔?"

명절에도 못 보고 해서 그냥 안부전화 했다고 얼버무리고 끊었다.

아빠는 식음을 전폐하고 누웠다가 일어났다가 결국 상상한 것은 사고가 아닐까 싶다가 참 아니지 옷을 다 가지고 갔다는 것은 다른 뜻이 있다. 다음 날 아침에도 여전히 집에도 못 가고 있는 도경에게

"신고해야겠지? 아니다, 참. 옷까지 챙겨서 나갔지."

하룻밤 사이 저렇게 모습이 변할 수 있다는 걸 알게 된 도경이는 혹시 도움이 되려나 해서

"아빠, 실은 어제 지하주차장에서 엄마가 화장도 안 하구 평상복 차림으로 캐리어 싣고 나가는 거 봤어. 불러도 엄마는 나 못 보고 갔어."

그때 무언가 생각이 난 것 같다. 벌떡 일어나 폰을 열더니

"스님, 안녕하시죠?"

속은 말이 아니지만 태연한 척 안부를 물었다.

"발목은 괜찮으세요? 어제 퇴원하셨겠네요."

스님의 그 말씀에 가슴을 쓸어내렸다. 까짓 발목 좀 다친 거라 입원도 모르실 스님께서 퇴원을 아시니 설명이 필요 없지 않은가. 아빠의 목소리가 한 단계 높아졌다.

"퇴원 잘 했고, 도경이가 집에도 못 가고 지어준 식사도 잘 먹고 있다고 전해주세요."

"보살님은 어제저녁부터 공양도 사양하고 오늘도 아침부터 저렇게 법당에 앉아 꼼짝도 않아요. 그래도 걱정 마세요, 법당에 온풍기 돌리고 있으니까요. 공양 대신할 음식도 준비해 뒀어요."

뭐 생각할 게 있는 것 같다고 얼버무리고 도경이를 재촉해서 정릉으로 달렸다.

"아빠, 어떻게 알았어요?"

"네 엄마는 기쁠 때 할머니들 찾아가고, 힘든 일엔 스님 찾아간다. 결혼 전부터 그랬다. 우리 결혼 문제도 코치해주신 스님이 지금 영취사에 계신다. 기쁜 일이면 퇴원하는 나를 두고 스님 찾을 리가 없잖아. 왜 어제 바로 말해 주지 않았니? 그런데 밀이다, 엄마를 힘들게 한 것이 뭐냐?"

"아빠가 모르시면 누가 알아요, 백 점 남편은 아니구나."

엄마 행방을 알았지만, 먹구름은 걷히지 않는다. 경솔한 사람이 아니기 때문이다.

영취사 주차장에서 아내 차를 보는 순간 얼굴에 무지개가 떴다. 도경이는 아빠 표정이 재밌지만 엄마 걱정이 더 크다. 오늘은 엄마 차로 움직이면 되니까 걱정 말고 이대로 집에 가라지만 혹시 엄마가 편찮으신 건 아닐까 싶어 그냥 갈 수가 없었다.

인기척에 나오신 스님께서

"엄마는 지금 몸이 아픈 것이 아니고 마음이 아프시니 따님은 가셔도 됩니다."

삐거덕 법당 문 여닫는 소리에 스님인 줄 알고 돌아본 은영이 반가움에 반짝임은 순간뿐, 곧바로 고개를 돌린다. 금시 굳어버리는 은영이 표정에 창우의 가슴이 철렁했다. 은영은 남편의 등을 떠다미는 건지 때리는 건지 애매한 동작이다.

하나에서 열까지 궁금한 정도가 아니라 숨이 멎을 것 같은 창우. 할 수 있는 인내력 다 동원해서 참고 기다린다. 왜 그러냐고 묻기 전에 현 상황을 말해 주기만을 기다렸다. 허나 은영이도 남편을 보는 순간부터 생각 주머니가 더 뒤엉켜

엉망진창이 되었다. 미워야지 반갑긴 왜 반가운 거야. 암튼 마주 볼 수가 없는 것만은 확실했다. 밉고 안쓰럽고 바보 같은 남편, 바보 같은 나.

큰스님이 법당에 오셔서

"방이 따뜻하니 두 분 방에 가셔서 정담 나누시지요."

템플스테이 쪽이 아니고 요사채도 아닌 공양간 쪽 작은 방이다. 여전히 말은 없다. 더는 참지 못한 창우가 터졌다.

"이렇게 멋대로 행동해도 되는 거야? 참는 것도 한계가 있어, 이만큼 기다려 주면 상황 설명은 있어야 되는 거 아냐? 예사로운 이유로 이런 행동할 사람이 아니라는 거 알기 때문에 나는 엄청난 충격이야. 그래도 참고 기다리는 거야. 이건 해도 해도 너무 심한 거잖아."

말이 끝나기도 전에 은영이 눈에서 갑자기 온천수 터지듯 뜨거운 눈물이 솟았다. 더 놀라는 창우다. 어쩔 줄 몰라 다독다독 등을 쓰다듬으며 더 기다릴 걸 그랬나 후회했다.

"바보, 나를 바보로 만들고 수십 년을 살았네, 두 바보가."

점점 영문을 모르겠는 창우는 답답해도 기다리자, 기다리자, 기다렸다.

"다락방 정리하다가 당신 글모음 봤어. 표지에 '오늘은?'이라서 봤지. 당신 평생을 마누라 기(氣)에 주눅 들어 살았어?

딱한 사람아, 나 때문에 사내답게 살지 못한 거야? 바로 그 문제가 염려되어서, 당신 제대하고 부모님께 허락받았다며 찾아왔던 날, 내가 말했잖아. 나를 리더로 만들지 말고 당신이 리더가 되어 가정을 이끌어야 된다구, 자신 있다며 패기를 보여주겠다더니. 바보야, 당당하게 큰소리치며 살지, 왜 주눅 들어 왜! 그런 당신 심정도 모르고 나는 철부지마냥 행복했잖아. 부끄럽고 미안해서 도저히 당신 얼굴 볼 수가 없을 것 같아 도망 온 거야. 그냥 돌아가줘, 철부지 때 쓰는 거 끝까지 받아주지 말았어야 했다는 후회보다 더 힘든 것은 내가 철부지 되었다는 거야. 당신을 사랑하게 된 내가 너무나 뻔뻔한 짓이었어."

은영이가 염려했던 바로 그 아킬레스건이다.

소리 내어 껄껄 웃던 창우는 손수건을 꺼내서 아내 얼굴을 닦아주며 어린 아기 달래듯 꼬옥 껴안았다.

"울 마누라 진짜 바보네. 남의 일기장을 보려면 확실하게 보든지 어설프게 보고는 이런 상황을 만든 거야. 언제나 보이지 않는 당신의 에너지가 지창우를 응원하고 기를 살린다고 했잖아. 사실 내 부족함으로 인한 미안한 마음과 모든 면에서 나보다 앞선 당신의 카리스마 등 그렇게 살짝 주눅이 있었기 때문에 우리가 변치 않는 사랑을 유지할 수가 있었던 거야. 나에게 그 정도 부족함이 없었다면 아마 우린 변태기를 맞았을걸. 그 문제가 나한테 후회를 불러온다거나 지칠 정도는 아니었다는 것은 일기를 봤으니까 감 잡았어야지. 오히려 나의 부족함 때문에 미안했고, 미안함 때문에 노력을 하게 되어 당신을 향한 사랑이 살아가며 더 굳히게 된 거야. 부족함도 내 것, 만족함도 내 것이야. 모두가 내 것인 걸 골라가면서 만족함은 아끼고 부족함은 내치고 그게 가능해? 내 것은 모두 다 내가 보듬어야지. 1분 1초라도 내가 우리 문제로 힘들어하는 거 본 적 있어? 없잖아. 실제 없었기 때문이거등."

"몰라. 지금 나는 한 가지 생각뿐이야. 힘든 당신 심정도 모르고 나만 행복했다는 거 부끄러워 당신 볼 용기가 없어. 실은 철없는 고집 끝까지 막지 못해 늘 미안했고 안쓰러웠는데 더 미안하잖아. 내가 더 철부지 되었잖아. 나 아니면 젊고 발랄한 아내와 활기찬 삶을 누릴 텐데."

또 눈물이다. 창우는 귀엽게 순수한 은영이가 사랑스러워 껴안은 손을 놓지를 못했다.

"오빠, 저녁에 다 모이래."

"무슨 일 있긴 있구나. 설마 이혼 같은 거 그런 나쁜 일은 아니겠지?"

"엄마한테 왜 가출했느냐고 물어보니까, 부끄러워서 아빠를 볼 수가 없어서 도망친 거래. 저녁에 다 모이면 우리 집 역사 벌거벗긴대."

36년 전,

중학교 2학년 지창우는 외대 3학년 박은영 누나를 개인 과외 선생님으로 모셨다. 이를 어째, 첫 대면부터 그만 창우의 심장이 천방지축 설레발이다. 큰누나도 3학년인데 누나들과 다른 세상에서 온 공주님이다. 선생님은 막냇동생 같은 소년의 뺨이 발그레해서 수줍어하는 모양새가 귀여워 양지로 뺨을 장난스럽게 살짝 찌르기도 했다. 창우는 그 순간 뺨에서 시작되어 온몸으로 감전된 전율을 평생 잊지 못했다고 한다.

어린 가슴에 싹튼 사랑은 흔히들 말하는 사랑과 다르다. 너무나도 애절하지만 어린아이 취급할 것이 다 보이니까 죽기 살기로 공부만 했다. 성적은 기대 이상으로 치솟으니 부모님이 제일 좋아하고, 선생님도 손잡고 피자집 가는 것까지는 좋았다. 하지만 나를 귀여워하거나 예뻐하는 것이 싫었다. 선생님이 좋아하는 모습을 상상하며 더 공부만 했다. 내가 남자로 보일 때까지 깜짝 놀라게 해줄 거야. 고등학교 진학 후에도 창우의 간절한 부탁과 서울대 합격을 조건으로 수능까지 계속 지도하기로 약속했다. 고2 때 창우의 속내를 부모님께 들키고 말았다. 하지만 수능 앞둔 아들의 갈등이 염려되어 당분간 모르는 척하기로 엄마도 아빠도 결정하신 게다. 은영은 임용고시 성적이 좋아서 서울시 교육청 관할로 발령받아 잠실 중학교 근무 중이지만 약속대로 수능까지 계속 봐주기로 한 상태다. 주변에는 현직 교사의 개인지도가 아니라 외사촌 누나의 지도로 했다. 그동안은 창우의 행동이나 말에서 감정을 눈치챘지만 저러다 말겠지, 사춘기니까 그럴 수 있다고 가볍게 재미로 생각했던 은영이다. 헌데 고2 겨울방학 때 녀석이 심각함을 알게 된 은영이는 창우 부모님께 계속하면 안 될 것 같아서 상의를 하자 부모님은 이미 알고 살얼음판처럼 조심조심 지켜보는 중이라 했다. 가장 중요한 시기에 쇼킹한 문제를 일으키는 것은 수능 앞둔 아이에게 위험하다고 하시니 어쩔 수 없이 은영이도 매사 조심하면서 살얼음편을 긷고 있있다. 결단을 내리고 학교를 상등으로 옮기려고 새 학기 시작 전에 지원서를 제출해 놓은 상태로 1학기를 마쳤다. 창우에겐 아직 티 내지 않고 부모님께만 강릉으로 옮길 거란 말씀드렸다. 우리 창우 때문에 그렇게 멀리까지 가시다니 미안하다고 많이 미안하다고 안절부절못하셨다.

수능 백일 앞두고 발령지로 떠났다.

"창우야 백일 남았네. 지금부터는 수업 진행은 시간 낭비야. 내일부터는 학교에서도, 집에서도 과목별 총정리다. 총복습. 수능 날까지 파이팅!"

강릉으로 간다는 건 말하지 않았다.

정말 창우가 고마운 것은 힘들면 힘든 만큼 공부에 빠져들어 극복한다는 것이다. 그것은 가슴에 품은 사랑의 힘이다. 솔직하게 선생님에게 멋진 사내로 보이고 싶어서다.

100일 동안 폭풍전야처럼 조용했다. 하지만 창우도, 은영이도 내면은 절대 조용하지 않았다. 어쩌면 창우보다 은영이가 더 안절부절못한 것 같다. 창우는 발등에 불이 떨어졌으니 딴생각할 겨를이 없지만, 은영이는 자신을 컨트롤 하지 못하고 흔들린다. 어이없다는 걸 알기에 더 기가 막히는 은영이다.

"안 돼! 안 돼! 상식 밖이야."

머리에서 외쳐도 가슴은 감당할 수 없이 온통 창우다. 말도 안 된다는 거 안다. 상식적으로 봐도 교직 생활 2년 차가고3 학생을 두고 이렇게 안절부절못하다니, 그런 자신이 부끄럽고 뻔뻔하다 못해 미친 짓이다. 이런 와중에 아무것도 모르는 엄마가 오셨다. 혼자가 아니다.

"영국에서 교육학박사 학위 받고 며칠 전에 귀국했는데 너를 꼭 만나보고 싶다고 해서 같이 왔다. 계속 런던에서 생활할 계획이라 곧 다시 출국한단다. 부친께서 젊은 시절 금융감독원 근무하실 때 네 아빠랑 같이 근무하셨단다. 미리 말하고 오면 네가 부담스러울까 봐 예고 없이 왔다."

"그래도 미리 말씀하셨어야지요. 솔직하게 말씀드리지요. 뒷조사 당한 느낌입니다. 저를 어떻게 아세요? 아버지끼리 지인이셨다는 건 어떻게 아셨구요?"

은영이는 기분이 몹시 껄끄럽다. 아빠끼리 같이 근무하신 거는 오면서 대화 중 알게 되었다고 어머니가 얼른 해명을 하셨다.

"전철진입니다. 내가 외대 선배입니다. 제대하고 복학했을 때 묘한 매력을 뿜어내는 은영 씨를 봤지요. 왜 묘한 매력이라고 표현을 했냐면 참말로 묘한 현상이라서요. 동아리든 이디시든 잎에 있을 낭시는 별 관심 없는 것 같아요. 허나 안 보면 떠올라요. 재학 당시도 그랬고, 군 복무 중에도 마찬가지였지요. 무엇보다 런던에서 공부하면서 불쑥불쑥 노트북 화면에 나타나곤 했을 때, 상식적으로 생각하면 나 자신도 모르겠어요. 무슨 인연인가 싶어서 귀국하자마자 후배들에게 수소문했습니다. 뒷조사는 아닙니다. 화면에 나타나던 그 얼굴이 맞네요."

마땅한 대꾸를 하지 않고 덤덤한 은영이는

"점심때가 늦었군요. 시장하시겠네요. 엄마가 좋아하시는 곰치 지리 유명한 집 알아뒀어요."

어머니만 바라보며 일어나는 딸이 살짝 민망한 듯 어머니는 손님을 향해

"식사하면서 천천히 담소 나누죠."

은영이 등을 꾹 찌른다.

그분도 곰치 지리를 처음이라면서 맛나게 잘 먹는다.

"실은 내가 5년 동안 지도했던 아이가 내일모레 수능입니다. 많이 심란하네요. 그리고 제 성격이 나긋나긋 사교적이지 못해요. 내 태도가 좀 불쾌하실지 모르겠습니다만 타고난 성격입니다."

"간지러운 애교보다는 진실성 있는 대화가 좋아요. 어쨌거나 불쑥 찾아온 실례를 범했으니 미안합니다. 오늘은 일찍 일어나겠습니다. 점심 잘 먹었습니다."

별다른 약속이나 다음을 위한 말없이 보낸 것이 엄마는 내치기 아까운 사윗감인 것 같아 많이 아까워하셨다. 앞으로는 아무나 데리고 오시지 말아 달라고 다짐을 했다. 모녀가 한 이불 덮고 나란히 누워 본지가 얼마 만인지 모르겠다.

"너 왜 여기까지 온 거니? 아무 연고도 없는 낯선 곳에 지원했다니까 네 아빠가 남친 고향인 줄 아시더라."

"나 있잖아, 부모 잘 만나서 너무 우물 안 개구리 같아. 세상에 눈 좀 뜨고 싶었어. 간단하게 생각해 엄마, 그냥 우물에서 나오고 싶었던 거야. 남친 같은 거 없어."

"네 아빠도 이제 연세가 드니까 사위가 그립단다. 안 사장이 주말마다 사위랑 골프장 간다고 부러워하신다."

은영이는 속으로 창우 대학생 되면 골프 배우라고 해야겠다는 생각을 했다기보다는 스쳐 지났다. 혼자 계면쩍게 웃었다.

수능 전날 은영이는 창우에게 전화했다.

"오늘은 공부보다 컨디션 조절 알지? 일찍 자는 거야. 파이팅!"

"내 눈이 튀어나오는 줄 알았잖아요, 전화 기다리다가요. 이제 겨우 안정이 되네요. 오늘 예비소집 갔다 왔어요. 누나

근무하던 잠실 중학교에 갔더니 마음이 편안했어요. 엄마가 운이 따라준대요."

분명 끝나고 찾을 거라는 생각에 서울로 왔다. 창우가 강릉으로 오면 일이 난처해질 것 같아서다.

"선생님, 객지서 고생이 많지요. 정말 한없이 미안합니다. 오늘 분명 창우가 선생님 찾을 것 같아서 전화 드렸습니다. 거기 계신 곳 말하지 말아야겠죠?"

"안녕하시죠? 저도 창우가 어떡하든 알아낼 테고 강릉으로 가는 걸 막기 위해 지금 서울에 왔습니다. 오늘 만나서 냉철하게 이제 정신 차리도록 말하겠습니다."

답안지 검토할 것도 없이 만족하다며 좋아하는 창우에게 야무지게 정신 차리도록 하는 방법을 생각하고 있는 은영이다. 한참을 목줄 풀어놓은 애견처럼 떠들다가 배고프다고 밥 먹으러 가잔다. 지가 좋아하는 스테이크도 아니고, 얼큰한 해물매운탕이 당긴단다. 은영은 느낀다. 이렇게 소소한 일상에서부터 우리는 맞지 않는다는 것을, 서로가 본인보다 상대를 우선적으로 선택할 터이니 쌓이면 피곤할 거란 생각에 감성에 젖을 때가 아님을 감지한다.

"창우야, 우리 엄마가 건강이 좋지 않으신데 숲이나 바닷가에서 휴양을 하시기 위해 내가 엄마를 모시고 바닷가 아담한 도시로 전근하게 되었어. 그동안 친동생처럼 정 들었는데 아쉽지만 자주 못 보게 되었어. 길은 멀어도 우리 앞으로도 좋은 인연으로 지내자. 누나가 너에게 부탁이 있다. 이젠 성인이니까 깊이 생각해야 한다. 사회생활에서 말이다. 시작과 끝을 잘 판단해야 된다. 물러설 때를 아는 사람이야말로 그릇이 큰 사람이야."

말을 못한다. 억지로 참지만 기어이 눈물이 터지고 마는 창우다.

"누나, 저 알아요, 나 때문이죠? 한없이 미안해요. 미안한 만큼 대학에서도 공부만 할게요. 누나가 평소 했던 말처럼 사회에 필요한 존재가 될 겁니다. 실망 드리지 않을 거요. 그리고 누나 포기 안 합니다. 제발 기다려만 주세요. 그냥 하는 말로 듣지 마세요. 심장이 조이도록 진심이니까 이것만은 가슴에 담아주세요. 혹시라도 남친이 생기거나 결혼하시면 난 세상 살아갈 이유 없다는 거요. 멀어도 괜찮아요. 어딘지 말 안 해도 괜찮아요."

손을 잡고 울고 있는 창우에게서 은영이도 남자를 본다. 마주 보는 두 눈빛으로 교감한다. 지금 이 순간 창우의 설렘이 전과는 달라졌다. 달보드레하다.

합격자 발표 날.

은영이는 이미 검색해서 알고 있지만, 서울대 통계학과 과수석이라는 창우의 자랑을 축하 또 축하한다고 했다.

아무리 생각하고 또 생각해도 은영이는 있을 수 없는 일이라는 판단에 냉정하기로 결심했다.

듣고 있던 도경이가 아빠를 향해 손뼉을 치면서

"우와! 울 아빠 대단하셨어. 아빠 존경해요. 나도 그런 사랑 받고 싶다."

도완이도 아빠 존경한다며 영화 줄거리 들은 것 같단다.

"말도 마라. 그때 나는 저 아줌마 누가 낚아챌까 봐 얼마나 조마조마했는지 모른다. 누나보다 더 1등급 대학에 합격했으니 당당하게 강릉까지 찾아가서 정식 프러포즈했는데 뭐라는지 알아? 아직은 너 자신도 너를 잘 모르고 있어. 그리고 대학생활 하다 보면 제대로 눈을 뜨게 되니까 안목을 넓히라는 거야. 일리 있는 말이긴 해도 실은 내가 더 이상 진심을 말해 봤자 어리광 취급할 것이니까 또다시 일 년이라는 시간 동안 도서관에서 살았다. 그때 내가 제일 불안 했던 것은 저 아줌마 넘보는 짜식들이었어. 전액 장학생을 먹고 또 당당하게 프러포즈하니까 진짜 약 오르더라. 군 복무 마치고도 그 마음 변치 않는다면 그때는 긍정적으로 생각해보겠다는 거야. 나 그다음 날 입영 지원하려고 휴학했다."

불장난이 아니라는 걸 보여주기 위해 침착하게 말을 아끼고 대학생이 고3 시절 못지않게 도서관에서 살다시피 했다는 대목에서 도완이는 아빠가 믿기지 않는다. 경이롭기까지 하다. 사람이 정신적으로 힘들거나 사랑에 빠지면 일도 손에 잡히지 않는다는데 어떻게 공부에 열중할 수 있을까. 사람이 저토록 변치 않는 사랑이 가능할까? 사연들과 아빠의 정신이 존경스럽다. 도경이는 영화로 만들어도 되겠다며 아빠의 영혼이 아름답다고 했다.

"엄마는 어땠어? 그때는 아빠가 지금보다 더 멋있었을 거 같은데 솔직히 설레고 보고 싶고 그랬지?"

"지금이 더 멋있어. 도경이 말처럼 영혼이 아름다운 사람이야. 살면서 새록새록 느꼈다. 내가 차지하기엔 아까운 사람이라고. 그래서 더 미안했어."

"프러포즈할 때 어땠느냐구?"

"처음에는 귀여웠어. 사춘기 감정 그대로구나 그렇게 생각했어. 그런데 차츰 심각성을 알면서부터는 걱정도 많이 했고, 여성스럽지 않게 보이려고 옷은 바지와 잠바만 입었어. 내가 뭐 잘못 행동한 거는 없는지 돌이켜보기도 했어. 내가 나에게 깜짝 놀란 것은 강릉으로 발령받고 고3 짜리 앞에서 남자를 느꼈다는 거야. 헤어진다는 상황에서 내가 설렘을 느끼는 거 있지. 큰일 났다 싶더라. 강릉으로 가길 잘했다는 생각도 들고, 그런데 더 놀라운 것은 내 속마음을 느낌으로 감지한 고3이야. 대단한 센스 아니니, 그때 거의 일방적으로 약속을 당했어. 일주일에 한 번씩 격려 편지를 달라는 거야. 이메일도 아니고 손 글씨 편지를 말이다. 그래야 수능을 치를 수 있다는데 어떻게 약속을 안 하니."

"엄마 그때 편지 뭐라고 썼어?"

"솔직하게 고민되더라 매주 무슨 말을 하겠어, 어쩔 수 없이 선생이 되는 수밖에. 몇 년 동안 출제된 수능 문제들을 검색해서 빠지지 않는 중요한 대목을 점검해 줬어."

말없이 앉아있던 며느리가 입을 열었다.

"부자지간인데 어쩌면 하나도 안 닮았어요?"

그 말이 떨어지기 무섭게 사위가 나선다.

"우리가 봉산 지씨 가문 남매들에게 너무 수월하게 넘어갔나 봅니다."

사위의 말에 장인은 싱긋이 웃는 듯하다가

차마 말할 수 없었다
168

"자네들은 축복받은 인생이여. 말도 마라, 얼마나 애를 태 웠고 조마조마했는지 모른다. 자네들이 넘어온 거야? 야들 이 넘어간 건가?"

지금 농담할 타임 아니라며 도경이가 나섰다.

"그래서 부모님들 허락은 받았어요? 우리 아빠 막무가내 였을 것 같아요. 허락 없이 그냥 동거하거나 거시기한 거 아 닐까?"

"우린 끝까지 지킬 건 지켰다. 어머님의 반대가 하도 심하 셔서 나는 포기했다. 다시 서울로 지원해서 올라왔고 일절 만나지 않았다. 듣기로는 어머니 금식하는 옆에 누워서 같 이 금식했다더라. 모자의 고집이 결국 어머니가 구급차에 실 려 가시고 아들은 구급차도 고집으로 거부했다더라.

"그래서 자식 이기는 부모 없다고 하네요. 외가에서는 반 대 없었어요?"

목소리에 잔뜩 힘이 들어있는 아버지가

"우리 집보다 더했다. 매사 믿었던 딸의 결정에 실망한 어 머니는 충격으로 급성 신부전증 생겨 네 엄마의 콩팥 한쪽 드리는 수술까지 하셨어. 내가 마누라한테 꼼짝 못 하는 이 유 중 하나이기도 해. 네 엄마 콩팥 하나뿐이다. 절대 충격 주면 안 되고, 스트레스 심해도 안 된다."

콩팥까지 떼어드리며 이룬 사랑의 스토리에 사위는 믿어지지 않는다.

리본으로 곱게 묶은 상자를 꺼내신 아버지

"수능 백일 전부터 보낸 네 엄마 편지다. 어쩌면 이렇게도 철저할까 싶다. 아주 딱 사무적인 수능 예상 문제 외에 잘 있나, 잘 있다는 말 한마디도 없다. 얼마나 냉철하니?"

"오늘 내가 자네들 다 부른 것은 우리의 사랑 자랑하려고 부른 것이 아니다. 지금까지 말은 하지 않았지만, 자네들 엄마는 어린 나를 받아들인 것을 속된 욕심이나 이기적인 것으로 해석하는 주변의 말보다 본인 스스로 나에게 미안한 자책으로 얼마나 노력을 많이 했는지 모른다. 때로는 나에게 맞추기 위해 본인 수준을 낮추기도 하고, 시대 감각이 뒤처지지 않기 위해 공부하면서 살았다. 나는 나대로 어린 나에게 발목 잡혀 꿈을 펼치지 못한 것 같고 죄스러워 늘 미안했다. 그 미안함 때문에 더 베풀고 양보하려고 노력하고 또한 그 노력 덕분에 우리 부부 사랑이 식지 않은 것이다. 너희에게 하고 싶은 말은 바로 이것이다. 서로가 상대의 단점보다 자신의 부족함부터 먼저 찾아서 노력하며 산다면 자네들 인생, 즉 부부 생활에 절대 사랑이 식지 않는다는 비법을 보여주고 싶었다. 너희 자식들도 보고 듣는 것이 교육이다. 우리 가문의 전통으로 이어라. 평생 부부 사랑 식지 않는 가문의 혈통. 그 좌우명은 〈자신의 부족함을 찾아서〉.”

엄마가 보충하신다.

“지금 젊은 사람들은 give and take 주고받는다는 인식이 문제다. 마치 손익계산처럼 대등한 거래를 원하는 거야.

‘나는 이만큼 베푸는데 너는 나한테 뭐했니?’

상대의 단점만 캐내고 자신의 장점만 내세우다 보니 모두들 자기가 손해 보고 산다고 생각해. 아빠 말씀처럼 본인의 부족함부터 앞세우면 그 부족함이 노력을 불러온다. 자기계발, 자기 경영을 위해서라도 꼭 필요한 좌우명이다. 앞으로 우리 가족의 가훈은 〈자신의 부족함 찾기〉다.”

이제 알겠다며 사위가

“아버님께서 저희 신혼여행 다녀왔을 때 자신의 부족함을 알아야 행복할 수 있다고 하신 말씀의 참뜻을 이제야 깨달았습니다. 부족함이야 저 사람보다 제가 훨씬 많지요.”

지창우는 우리 딸 걱정 안 해도 되겠구나, 안심한다.

공정의 정의가 뭔데?

_ 멀거니 중간 하늘을 바라보던 기태주는 세상의 불공정에 대해 생각하다가 안개처럼 자욱한 불확실함을 느낀다. 어떻게 판단해야 옳은가. 생각의 길이 막힌 듯 불투명하다. 멈췄다. 답답하다. 지금까지 주변 친구와 인척들이 겪는 슬픔이나 고통을 위로하면서도 인간이 겪는 고통에 관해서 관심 있게 생각해 본 적은 없다. 엄마의 잦은 입원으로 겪는 내 아픔처럼 세상 살면서 누구나 슬픔과 장애를 겪으며 살아가는 인생사라는 관념뿐이었다. 그래서 자신이 금수저지, 흙수저지 생각해야 할 계기도 없었다. 그냥 나도 평범한 서민의 한 사람으로 살았다. 소인행을 만나기 전까지는 말이다.

허나 고등학교에 입학하고 처음 짝꿍이 된 소인행을 접하면서 눈을 뜨기 시작했다. 그렇구나, 저런 부류의 삶도 있다는 상황을 드라마도, 영화도 아닌 실제로 매일 보고 있다.

그래 인행이보다는 내가 금수저구나. 인행이의 사정을 알면 알수록 세상은 불공정하다는 걸 알게 되었다. 불공정 속에서 인간은 누구나 보이는 현상대로 시시각각 삶의 갈래를 터득하게 된다. 이런 현상 속에서 우물 안의 내 세상만 자연스러운 섭리인 줄 알고 살았다. 내가 보고 경험하는 세상과 인행이의 세상은 그냥 다르다는 표현으로는 모자란다. 인간이 자신의 삶을 위해 필요한 조건들 기본 권리조차 찾지 못한 채 세상에 꺼들리는 흙수저가 전체 인류의 과반수가 될 수 있다는 현실이 놀라울 따름이다.

초등과 중등교육을 사립학교에서 같은 부류의 또래들만 접했으니 흙수저 계층을 생각해 본 적이 없다. 내가 신기할 정도로 이해가 되지 않는 것은 실제 남들과 다른 삶이요, 분명 불공정의 피해자인데 주인공인 인행이 본인은 불공정을 모른다는 것이다. 모르는 것이 아니라 불공정이 정상이라는 생각을 하고 있다는 것이다. 즉, 객관적으로 봐도 불공정 사회의 피해자라고 할 수 있는 인행이는 긍정적인데 금수저라는 내가 현 사회를 비난하고 있다.

시긴마다 수업이 끝나면 빙금 배운 과징을 쉬는 시간에 놀라운 집중으로 다 복습하는 인행을 보면서 태주는 이해를 할 수가 없었다. 학원 가서 공부하고 집에 가면 수학 개인 지도받는 공부도 지겨운데 학교에서 10분 쉬는 시간조차 악착같이 복습하는 심정을 알 리가 없었다. 오히려 너무 심하다고 생각했다. 쉬는 시간조차 공부에 미치는 인행을 말리고 싶지만 말리기 위한 말 한마디도 비집고 들어갈 틈이 없었다. 어느 날, 체육 시간에 농구 숫률로 실기 평가를 한다고 해서 순서 기다리는 시간에 대화를 할 수 있겠다는 속셈으로 다가갔다. 허나 인행의 손바닥엔 영어단어 메모지가 붙어있었다. 그럼에도 불구하고 들이밀었더니

"나는 학교 끝나는 대로 밤늦게까지 두 가지 알바를 하고 새벽에 신문 돌리고 등교하기 때문에 쉬는 시간에 숙제랑 복습을 하지 않으면 안 돼."

너무나 당연하다는 듯 당당한 인행의 말과 태도에 오히려 태주가 주눅이 들 정도다.

"그러면서도 어떻게 1학기 중간고사 학년 전체 2등을 했니?"

"전액 장학생을 해야 그나마 학교엘 다닐 수 있기 때문이야. 있잖아, 절박하면 암기도 더 잘된다는 거 모르지?"

태주는 중학교까지 어쩌다가 부모님들과 한자리 모임에서도 비슷한 수준의 친구들하고만 어울렸기 때문에 영화에서처럼 그렇게 어려운 환경, 그렇게 불우한 아이들이 실제로 있다는 현실에 관심조차 두지 않았다. 인행이가 존경스럽기

까지 했다. 하도 올곧고 자기 경영에 충실한 친구라 친하게 지내고 싶어서 주말에는 집에 데리고 가려고 여러 번 청했지만 매번 거절당해서 섭섭하기도 했고 이유가 궁금했었다. 비로소 절절한 사연이 있다는 걸 알게 되었다. 그냥 안타까웠고 저절로 내 손이 가슴으로 갔다. 어쩌다가 TV를 통해 빈민촌 광경을 봐도 무관심했던 것은 아마 나 자신의 사고방식, 즉 빈부의 격차를 인도의 카스트제도처럼 당연히 내가 누릴 것을 누린다는 관념이었나 싶다.

"이거 틈틈이 살펴봐. 나는 있는데 모르고 우리 형이 또 사 왔잖아."

하면서 참고서라든지 문제집을 구입해서 주기도 하고, 체육복이 작아서 간신히 입는 모양새가 안쓰러워서 부러 물감을 슬쩍 엎질러 놓고 체육복을 사 주기도 했다. 절대 남에게 폐 끼치지 않는 성격이라 많이 조심스럽게 도와야 했다. 마침 2학년이 되면서도 짝꿍은 아니지만 같은 반이라 좋았다. 인행을 보면서 태주는 세상을 조금씩 알게 되고 공부를 왜 하는지, 또 부모님의 은혜도 깨닫는다.

비슷한 세대와 비슷한 환경이라도 가정교육이나 분위기에 따라 인격 구성이 달라지고 품격이 다르거늘 인행이네는 가난하지만 건전한 가정 분위기를 짐작게 한다. 부잣집 자식이라도 긍정적이지 못하거나 바닥을 헤매다가 갑자기 벼락부자가 된 가정의 아이들은 환경이 변했다고 인성도 달라지는 것은 아니다. 대를 이어 품격을 갖춘 상류층 가정의 사람들은 사고방식과 격이 다르다. 기태주는 안정된 가문의 정도를 걷는 청년이다. 소인행 역시 아버지의 긴 병상 생활로 가세가 기울었지만, 가정 분위기는 교양 있고 긍정적이다. 따라서 인행이도 건전한 사고로 가난에 불평 없이 슬기롭게 자기 경영을 하는 올곧은 청년이다.

인행은 담임이 실력 아깝다고 서울대를 권했지만 전액 장학생이 되어야 한다며 낮춰서 원서를 제출했다. 하지만 담임 선생님이 우기셔서 서울대 법대도 원서를 넣어봤다. 실은 삼촌이 등록금 줄 테니 서울대로 가라는 걸 거절했다. 삼촌과는 대면도 하지 않는 관계다. 큰 사고로 장남을 잃은 삼촌은 그 사고를 미끼로 출세를 하고 있다. 벌써 몇 년이 지난 자식의 죽음을 이용해 금배지도 만나고 뭉텅이 금액도 챙겨 유흥업소를 운영하는 삼촌의 개판 인생이 창피하다. 부추기고 이용하는 표식동물 정치꾼도, 제대로 살아보지도 못하고 떠난 자식의 몸값을 두고두고 우려먹는 부모도 인면수심이라는 생각에 그쪽 사람들과는 관여하기도 싫은 인행이다.

인문대 수석이라는 통보를 받고 그냥 서울대 입학을 했다. 인행이와 태주는 졸업하기 전에 사법고시 행정고시를 다 합격했다. 태주는 자신도 합격을 했지만 인행이가 진심 부러웠다. 합격증이 부러운 게 아니고 강한 집념과 흔들리지 않는 인행이의 뚝심이 부러웠다. 일전에 아버지와 대화 중 아버지께서 인행이를 두고

"사회 구조상 어딘들 다르겠냐만 특히 법조계는 줄을 잘 서야 된다. 너처럼 친인척의 인맥이 튼튼한 자와 외톨이 인행이는 다르다. 능력이 뛰어나다 해도 쉽게 길이 열리지 않는 곳이다. 심지어 내가 젊은 철부지 때 법조계가 세상에서 가장 암흑지대라고 생각했던 적도 있단다. 공부벌레로 올라온 젊은이들은 대게 융통성이랄까 사회성이 부족하다. 내 욕심엔 앞으로 너에게 도움될 일보다는 도움을 줘야 할 친구 같구나. 그렇다고 절교할 것까지는 없고 적당히 거리를 지켜라."

"아빠, 그 말씀은 성말 실망인데요. 저를 아직 철부지 소년으로 보시네요. 저는 이미 인행이 도움을 많이 받았어요. 계산이 되지 않는 내 인생의 큰 도움을 받았어요. 제가요,

제가 행정, 사법 단번에 합격한 것도 인행이 영향이구요. 그 친구 단순한 공부벌레 아닙니다. 사회성은 이미 나보다 앞서 있구요, 융통성도 내가 인행이한테 배웁니다. 부모님 은혜도 인행이 덕분에 깨달았어요."

태주는 엄마가 대학생이 된 기념으로 양복을 선물하겠다는 것까지 거절당했으며 사양하는 이유가 첫째는 대가성이 있든 없든 명분 없는 도움은 받지 않는 철칙이랍니다.

내일이 졸업식인데 뜻밖의 전화다.

"태주야, 스케줄이 많겠지만 연수원 들어가기 전에 오늘은 우리 둘이 한잔할까?"

인행이다. 그 자리서 바로 태주는 여친과의 약속을 취소했다. 지그시 입가에 미소가 피어나는 아버지를 뒤로하고 태주는 신이 났다.

신촌 대학가다.

생각만으로도 인행은 설렌다.

"우리가 처음 갖는 술자리는 내 꺼야. 절대 신용카드 꺼내지 마."

술값을 미리 굳힌 인행이도 끓는 피를 지닌 청년인지라 가끔은 가고 싶던 홍대 앞이나 신촌 대학가 거리 아니던가. 이거리에 익숙한 태주는 제법 넓고 깔끔하면서도 가격 부담 적게 먹을 수 있는 부속구이 집으로 앞서 들어갔다. 부속구이 냄새가 자극한다.

"사장님, 명품 순대와 조선의 최고 화이트 와인요!"

태주의 주문에 인행이는 휘둥그런 표정으로 태주를 보면서

"야~ 순대에 무슨 와인이냐?"

"라이스(rice) 와인이야."

인행은 막걸리가 쌀 와인으로 통하는 것조차 몰랐다. 또 하나 숙제가 생겼다. 현실사회의 분위기 파악이다. 유행어 등등.

"파전부터 주세요."

큰 소리로 주문을 해놓고 태주에게 고백한다.

"실은 나 있잖아, 졸업하기 전에 대학가의 파전 한번 먹어볼 수 있을까 생각했거든. 내일이 졸업식이라 소원 성취하려고 오늘은 작정한 날이여. 와줘서 고맙다. 취하고 싶어. 혹시 실수가 있거든 네가 좀 컨트롤 해줘라. 서울대 법대 마지막 졸업 기념 파티가 되는구나. 서울대 법대가 문을 닫다니."

2009년 법학선문대학원(로스쿨)을 개원했기 때문에 2017년이 마지막이다. 태주는 인행의 파전 사연에 '대한민국 서울의 대학생 맞나? 아무렴 졸업할 때까지 파전 세트를 못

먹었어? 그럴 리가.' 하면서도 한편 태주는 7년 동안 기다리던 인행의 속내를 꺼낼 수 있다는 기대에 들뜬다. 듣던 중 반가운 소리다. 아버지 말씀처럼 세상 돌아가는 거에 관심이나 있으려나, 시사문제는 백지일까, 도대체 저 인간은 무슨 생각을 하며 사는 걸까 토해내는 내용에 관심이 쏠린다. 오직 목표를 향해 뜀박질하느라 질곡된 파도를 질곡인 줄 모르고 헤엄쳐온 순수한 청년 소인행. 100m 달리기처럼 달려왔고, 그렇게 살아갈 친구. 세상 돌아볼 하늘은 부모님이 가려놓았고, 평화로운 여유 속에서 성장한 기태주, 두 청년의 토론이 궁금해지는 상황이다. 처음으로 보는 인행의 긴장 풀린 눈동자와 이 순간부터 싹쓸이로 주워 담을 듯 태주의 반짝이는 눈은 대조적이다.

술의 마력을 알지 못하는 인행이는 파전보다 막걸리에 더 매력이 있나 보다. 잔에서 손을 떼지 못한다.

"천천히 마셔. 이거 우습게 보면 당한다."

"나 초딩 때 있잖아. 술지기미에 뉴슈가 타서 점심 대신 배부르게 먹고 오후 알바 못한 적 있어. 실컷 자고 일어나니까 밤중이더라. 얼마나 황당했는지, 난생 처음 깨워주지 않은 엄마를 원망했어. 라이스 와인의 위력은 초딩 때 경험했다는 뜻이야."

"초딩이 알바를?"

"삼겹살집에 불판 닦는 거 잘한다고 매일 칭찬받고 팁도 받았는데 지금 생각하니까 그넘의 칭찬 때문에 죽기 살기로 닦았던 거 같애. 팁까지 다 합쳐도 어른 일당의 절반이니까 어린 것을 부려먹으려고 오버해서 칭찬한 것 같애."

이렇게 지껄이고 싶어서 어떻게 참았을까. 그동안 못한 말, 말, 말을 오늘 밤 다 해치울 기세다.

"너네 삼촌 부자잖아 왜 삼촌이 주겠다는 등록금 거절하고 서울대 안 가려고 했어?"

"그쪽은 꺼내지 마. 상종 안 해. 고시 패스하니까 은근슬쩍 접근해 오는데, 내가 진저리쳤어. 그리고 삼촌 부자 아니거든."

잠시 머뭇거리며 마음을 진정시키는 듯 눈을 감았다가

"대통령이 내 동생 위패 앞에서 고맙다고 사인을 해도 엄마가 아무 말도 못 하게 나를 잡고 사정하며 제발 모른 척해 달래. 나도 사촌을 잃은 유족인데 말이야. 대통령이라는 자가 내 사촌 동생 위패 앞에서 죽어줘서 고맙다는 개판 세상이야. 우리 삼촌은 지 자식 보내고도 살판났고, 그 마당패들은 그 죽음이 고맙고 고마운 거야. 금배지들이랑 식사는 물론이요, 따로 술자리까지 하더니 입 다물고 시키는 대로만 하면 보상금 외에 위로금 한 뭉치 더 챙기지. 게다가 기자들 앞에서 저들이 원하는 말 몇 마디 하면 또 뭉텅이로 들어온단다. 그냥 정치에 이용하는 정도가 아니라 얼마나 유용하게 덕을 보면 자신도 모르게 본능적으로 고맙다는 진심이 나와 버렸을까. 하긴 옥쇄를 거머쥐게 된 가장 큰 미끼가 수백 명의 어린 생명이었으니 고맙기도 하겠지. 하지만 지 새끼 주검을 이용해서 헤까닥 해버린 우리 삼촌은 뭐니? 짐승도 지 새끼는 아끼는데."

삽시간에 훌쩍 잔을 비우더니 인행은

"그 얘기 그만하자. 앞으로도 그쪽 얘기는 꺼내지 말자."

단호한 표정이다. 잔을 비우더니 손에서 잔을 놓지 않고 무언가 진중해진다.

"마이클 샌델 교수가 우리나라에 와서 강연하고 토론할 때는 진짜 참석하고 싶더라. 태주와 내가 살아온 길을 돌아보면 사람들은 세상이 불공정하다고 비판하지만 나는 생각이 달라. 불공정하다는 생각 자체부터 잘못되었다고 생각해. 그렇다고 해서 세상이 공정하다는 뜻은 아니야. 불공정하지만 그 불공정한 세상이 정상이라는 뜻이야. 아주 공정한 세상은 없어. 똑같은 환경에서 같이 일하고 같이 배급받는다는 공산주의에서 계급의 차별이 더 심하잖아. 실은 민주국가보다 더 불공정한 세상이잖아. 불공정을 정부가 어찌해 줄 문제도 아니고. 사회 탓이라면 나도 사회의 구성원이니까 나도 책임이 있는 거고. 바로 불공정의 피해자로 간주하는 자신의 마음가짐이 문제야. 공정의 정의가 뭐니? 잘생긴 사람과 못생긴 사람의 불공정은 누구 탓이니? 눈, 코, 입의 모양새가 각각 다르잖아. 마찬가지라고 생각해. 언제, 어디서 태어나든 살아갈 미래는 자신이 선택하고 자신이 꾸려가잖아. 물론 너처럼 부모님 덕분에 수월하게 걸어갈 수도 있고, 나처럼 수십 갑절 더 힘들게 살아갈 수도 있지. 하지만 같은 나라에서, 같은 사회에서 같은 공기를 마시며 걷고 있어. 같은 길을 걷는 거야. 불공정이라면 네가 개인 과외도 하면서 학원도 다니는 시간에 나는 아르바이트를 해서 돈을 벌어야 한다는 것이야. 헌데 그 조건이 좀 더 수월하거나 더 힘이 든다고 그것을 탓할 수도 없고, 탓한들 뭐해? 정부를 탓해야 하니 사회 구조를 탓할 건가. 우리 아빠의 오랜 병원 생활 때문에 사업 망하고 기난해졌으니 이삐의 책임이요, 아빠를 탓해야 하니? 불평을 하는 것은 자기 경영의 걸림돌이요, 헛된 짓이야. 정부 탓이라면 정부에서 어찌해야 되겠어? 잘 사는 국민에게 세금 많이 받아서 가난한 사람들에게 나눠 준다면 누가 죽어라 일하겠니? 출발점의 환경도 다르지만 걸어갈 세상에 장애물도 다르잖아. 그 장애물을 지혜롭게 극복하는 것도 바쁜데 세상 불공정을 원망하고 비판하고 있다면 결과적으로 누구의 손실이겠어? 바로 자신이 손해야. 그러니까 굳이 탓하면서 에너지 낭비할 것 없잖아. 나는 어릴 적부터 각인되어 있는 좌우명이 있는데 '심는 대로 거둔다.'야. 울 엄마가 늘 말씀하셨거든. 콩 심은 데 콩 나듯 복을 심으면 복을 거둬들인다고. 노력하는 만큼 거둬들인다구. 세상의 불공정을 원망하기 전에 자신은 무엇을 심고 가꾸었는지, 어떤 노력을 얼마나 했는지 자신부터 자각해야 되는 거 아닌가?"

"불공정을 막아달라는 요구는 해야 된다고 생각해. 평정을 원하는 게 아니고 비공식 특혜로 인한 흙수저의 피해를 막아달라는 뜻이야."

말을 하면서도 태주는 무언가 화자가 서로 바뀐 느낌이다.

"물론 위법이든 규칙위반이든 절대 있어서는 안 돼. 그건 범죄지 불공정이 아니야. 그 비공식 특혜로 인한 피해를 사람들은 흙수저들이라고 생각하는데, 아니잖아. 흙수저, 금수저 상관없이 성적이 아슬아슬하게 모자란 학생은 죄다 자신이 피해자라고 생각할 거야. 기업의 취업성적이나 공무원 취업 성적도 마찬가지 피해자가 흙수저라고 할 수는 없어. 그리고 그런 경우는 극소수야. 극소수의 경우를 두고 마치 흙수저의 재난처럼 취급하면 안 되잖아."

인행이가 이렇게 말을 많이 하는 건 처음이다. 꼰대 같은 말을 듣고 있으면서도 맞는 말인 것 같아진다. 빨려든다. 이런 면이 있는 줄 몰랐던 태주는 신기하고 재밌지만 한편 안쓰럽기도 하다. 어떻게 참았을까. 참은 것이 아니라 숨 가쁘게 달리느라 기회조차 없었던 것이다. 참 확고부동하다. 목표도, 결심도, 그에 따라 실천하는 행위들이 기계처럼, 로봇처럼 일사문란이다. 다른 친구가 이런 말을 하면 곰팡이 냄새난다며 자리를 떠났을 것이다. 허나 인행의 말은 오히려 공감대를 형성하고 다소곳하게 서당에서 훈장님의 훈시를 듣는 기분이다. 우리 둘이서 오가는 대화를 누군가 옆에서 듣는다면 대한민국 청년들 맞느냐고 반문할 것이다.

"인행아, 이 친구야! 너도 사람이구나. 오늘 처음 사람냄새 난다."

태주는 빙그레 웃는 인행의 표정에서 가슴에 울림이 오는 휴머니즘을 발견했다.

"나도 사람이여, 그럼 나도 사람이지. 울고 싶을 때 울고,

웃고 싶을 때 웃을 수 있는 삶을 부러워하는 사람이여. 나 초딩 때 울 엄마가 그러더라. 부자 친구가 부러우면 나도 그렇게 부자가 되라고. 사람은 하고 싶은 것이 팔자라서 누구나 부러운 대상이 있어야 된다고. 나는 검사만 부러워하면서 검사가 되겠다고 결심했어. 멋있잖아. 센델 교수는 공정이라는 그 자체를 착각이라고 하는데 그분 강연장에 가고 싶었던 것도 내 사고(思考)와 다르니까 토론을 하고 싶었거든. 거 봐, 그분의 결론 역시 왜 공정하다는 생각을 착각이라고 하는지 그 답이 중용의 덕을 강조했어. 모두에게 좋은 삶을 살기 위해서는 공동선을 추구해야 한다고 했어. 공동선, 그게 정답이니? 공동선이라면 고대 그리스의 아리스토텔레스와 플라톤의 이론이잖아. 그런데 있잖아, 사회생활에서 자연스럽게 이루어지고 있는 자율성 공동선 이런 것들이 이론을 떠나서 실현되고 있는 세계의 으뜸이 대한민국이잖아. 거 봐, 우리가 사회적 거리두기 잘 지키는 거 보고 유럽이나 미국인들이 자유를 침해하는 거래, 민주 국민의 자유를 무시하는 지시에 복종하느냐고 하잖아. 우리들은 당연한 사회복지 제도를 두고 미국인들에게는 양보할 수 없는 개인의 권리를 빼앗기는 것으로 여겨져 논쟁을 한다잖아. 민주주의 사상이 가장 잘 각인되어 있다고 생각했던 선진국민들이 말이야. 하긴 그들의 생각과 우리의 생각이 다르기 때문이지. 저들은 지극히 개인주의 자유를 위함이요, 우리는 민주주의 가장 기본이 질서라고 생각하며 공중도덕을 중요시하는 사상이라서 다른 걸 수도 있겠다. 결과를 두고 본다면 사회적 거리두기 철저하게 지키는 것이 곧 나 자신을 위함이니까 서양인들보다 우리가 더 우수한 민족이구나. 유럽인들은 우리가 질서 지키는 상황을 복종이라고 생각하기 때문이야. 사실 복종보다는 몸에 밴 공동선 행동인데 말이여. 오히려 우리나라가 훨씬 더 선진적으로 공동선을 위해서 개인들이 희생하는 자세가 이미 실천되고 있잖어. 안 그래?"

계면쩍은 표정으로 미소 짓는 인행이 참 순후하면서도 한편 청량한 미소년 같다.

"솔직하게 말하자면 정부에서 백신 접종 안 하면 공공시설은 물론, 심지어 동네 식당도 못 가게 하는 것은 많이 기분 나빠. 국민을 어린애 다루듯 하잖아. 민주국가라면 '서로의 감염을 막기 위해서는 이것도 자제하고 저것도 자제해야 합니다.' 홍보하고 권유하는 정도로 하고, 국민은 스스로 지키고 조심하도록 하는 것이 품격 있는 민주국가 아니니? 유럽이나 미국인들이 볼 때는 수준 낮은 유치한 국민으로 볼 수 있다고 생각해. 나도 그런 생각 했고 기분 나빴거든."

태주의 말을 듣고 보니 맞는 말이다.

"맞는 말이야. 나도 말 안 들으면 처벌 대상 되는 방역수칙 창피해. 우리 국민의 사고는 조선의 성리학 영향이 커. 순종하는 거 있잖아, 조선 오백 년 양반의 나라 성리학이 국민 근성 다 망쳐 놓았다고 열 올리시는 우리 엄마 주장이 일리가 있다고 생각해. 시키는 대로 복종하는 삶에 길들여진 우리 조선의 민족 근성 때문에 일본에도 쉽게 순종했다며 열변을 토하시곤 했거든. 그 순종의 근성이 정부의 지시에도 날 위해서라는 해석까지 곁들여가며 잘 따르고 있나 봐."

갑 분 싸.

태주가 분위기를 살리기 위해 입을 열었다.

"있잖아, 보통은 자신의 환경이나 출신을 비관하고 부모를 원망하며 사회의 불공평함을 원망하는데 너는 아주 당연한 것처럼 불우한 환경에서도 자신을 미래지향적으로 경영하는 그 정신과 노력하는 끈기를 보며 존경한다. 가끔은 인간적으로 지나치다 싶을 만큼 철저함에 소름 돋기도 했지. 쟤가 사람이야? 싶었거든. 내가 부모님 뜻에 의해 법대를 지원했지만 지금은 아냐. 너를 보면서 내가 변했어. 물들었어."

세상의 불공정을 외치며 사회악이라는 이론이 나올법한

인행의 처지에서 오히려 반대 의견이 나오다니 과연 내가 반할만한 친구라고 생각했던 태주의 속마음을 털어놓았다. 흐뭇하다. 인행이 늘어놓는 이론이 경로당 같은 느낌이랄까, 좀 아재 스타일이지만 우물 안 개구리는 아닌 것 같다. 맞는 말이다. 연세 지긋하신 교수들에게 들을법한 말이 친구의 입에서 나오는 것이 어색하지 않다. 화이트 와인 잔 비우며 두 사람의 표정에서 묻어나는 언어는 그 어느 말보다 어떤 문장보다 깊은 정이 담겼다.

"인행아, 차등이 심한 사회구조나 이런 현실을 공정하다고 할 수는 없잖아? 우리나라도 같은 맥락이지만 미국을 예로 말하자면 트럼프가 대통령이 된 것이 그 사람의 인물됨을 보고 뽑은 거니? 아니잖아. 일종의 저항의식의 결과라고 생각해, 소위 인텔리(intelligentsia)라고 말하는 지식층에 대한 거부감 같은 거."

"맞아, 권위의식에 취해 정신 못 차리고 자만에 빠진 족들에 대한 거부감이 문재인을 청와대로 보낸 거지, 허나 이게 뭐니, 더하잖아. 지금 우리나라 정치꾼 중에 꾸준히 정치학을 연구하는 인간이 있긴 있을까? 진정으로 국가를 위한 정책을 연구하는 정치꾼이 있을까? 안 보여. 말장난 공부에 저질 표 장사꾼 꼬락서니들 어쩌면 좋겠니? 너무너무 추락하는 정치에 진저리 낸 국민들이 기대를 걸었지만 제대로 된 진보는 사라지고, 천방지축 비틀거리잖아. 가끔 함구하는 대통령 보면 옹립된 허수아비가 맞구나 싶을 때가 많아."

나머지 와인을 훌쩍 마시더니

"정권이 군림하는 통치권인 줄 알잖아. 그래서 더 비틀거리는 현실, 진보라는 단어에 먹칠하고 보수라는 말이 희나리가 된 우리의 현실이 답답해. 그래도 역사를 돌아볼 때 우리는 슬기로운 민족임을 믿는다. 깨어날 거야.

너는 내가 불공정의 대표 피해자인 것처럼 생각하는데 나는 내가 불공정의 피해자라는 생각 1도 없어. 그렇다고 지금 이 사회가 공정한 사회라는 뜻은 절대 아니고 현실적으로 느끼는 불공정은 나만의 불공정이 아니잖아, 나만 개 같은 사회에 사는 거 아니잖아. 태주가 금수저로 태어났고, 내가 흙수저로 태어난 것이 공정한 것은 분명 아니지. 어찌 되었든 미래의 길은 나 자신의 노력에 달렸어. 말하자면 기회는 주어져 있다는 거야. 기회가 내게도 주어져 있기 때문에 아주 불공정 사회는 아니라는 거야. 탁상공론으로 불공평을 논하고 정의를 논하는 것은 철학자들의 몫으로 두고 나는 나를 나의 방법으로 경영해 왔고, 앞으로도 그렇게 할 거야. 연수 끝나고 발령 받음으로써 내 꿈을 이뤘다는 생각 1도 없어. 비로소 꿈을 향하는 시작이라는 걸 알아. 그리고 우리 둘이 같은 조건으로 법복을 입는다는 생각도 물론 안 해. 밀어주고 당겨주는 응원 속의 기태주와 어깨를 나란히 하려면 나는 스스로 밀고, 스스로 당기고, 스스로 뛰어야 하는 거 알아. 이 문제를 두고 사회적 불공정이라고 흔히들 불평하잖아. 그래서 사회를 거부하고 정부를 비난하고, 그런 심리를 이용해서 동질이 아닌데도 동질처럼 느끼도록 부추겨서 대통령이 되는 세상이잖아. 그런 사회에서 부추김에 넘어가서 흔들리는 인생은 이미 자신을 포기한 사람이요, 공정한 출발점에서 공평하게 시작해도 낙오될 사람이야. 표식동물의 먹잇감이 되는 낙오자들. 나도 사춘기 시절 억울하다는 생각으로 더 깊게 생각해 봤어. 생각해 보니 그렇더라. 경제적 수준부터 외모와 학력까지 모두가 평등하다면 어떤 현상이 벌어질까. 생각이 거기에 미치자 처음엔 그렇게 되면 같은 조건에서는 누가 더 열심히 뛰는가, 누가 더 발전적이고 앞선 생각을 하며 연구하는가. 즉 두뇌 경쟁과 노력 경쟁 아니겠어? 그렇다면 나는 자신 있다고 주먹 쥐다가 어이없어 혼자 웃었다. 그날부터 경쟁에서 진 사람들이 불공정이라고 불평하는 이 사회가, 즉 그 불공정의 사회가 정상이라는 걸 깨달았어. 그렇다면 남은 것은 뭐겠니? 낙오자가 되기 싫으면 뛰자는 것이지 콩을 심어야 콩이 나는 거잖아."

듣고 있는 태주는 웃기는 논리에 점점 빠져든다. 뭔가 그게 아닌데 그게 맞는 것 같다. 역시 책과 명상으로만 연구하는 철학과 실제 체험하며 느끼고 실감하는 철학의 차이점이 크다. 전문적인 철학 용어는 없지만, 이것이 살아있는 철학이다. 아닌 듯 듣는 내내 공감이요, 마치 체험한 것처럼 실감한다.

태주는 인행의 놀라고 또 놀라운 내면세계가 하도 신기해서 자신이 공상영화를 감상하고 있는 것처럼 묘한 기분이다. 현 법조계의 분위기를 어느 정도 알고 있는 태주로서는 앞으로 인행이의 검사 생활이 많이 걱정된다. 더군다나 강력반에서도 경제 쪽이라니 검경 관계와 정검 관계를 어떻게 받아들일까, 인행에게는 무법지대 같은 법조계의 구덩이에서 적응하기 힘들지 않을까 혹시 삼권분립 이론에 집착하지 않을까 은근히 걱정스럽다.

"태주야, 앞으로 검사가 되더라도 검사활동 중 절대 누군가의 도움을 청하지는 않을 거야. 내 힘으로 뚫을 거야. 그런 염려는 하지 말라는 뜻이야. 경제인들과의 외로운 싸움이 될지, 평화로운 화합이 될지 궁금하지? 나는 싸움이라고 생각하지 않아. 돈이면 다 해결된다는 말썽꾸러기들 정도를 알려주는 가이드라는 자부심으로 한 발 한 발 갈 거야."

"야! 너 궁예처럼 관심법 쓰니? 사람 정곡을 찌른다. 염려까지는 아니고 장애가 생기면 내가 인맥을 좀 쓰리라 생각했다."

"고맙다. 이미 마음을 받았어. 실은 나 요즘 호기심이 발동해서 주먹을 쥐기도 해. 권력의 산, 부의 산이 얼마나 높고 얼마나 깊은 계곡일까 상상이 쉽지 않아. 그 산을 정복하겠다는 등산은 아니야. 절대 아니지만, 그 산에 대해 알아야 된다고 생각해."

들고 있던 태주는 갑자기 심하게 불안하다.

"인행아, 우리는 저들의 부모도 스승도 아니요, 나라의 지도자도 아니잖아. 어떤 사건이 발생하면 정의롭고 정확한 수사로 흑백을 가려내는 임무를 수행할 뿐이야. 벌써부터 그렇게 큰 산을 건드릴 생각이니? 네가 경제 분야 전공이지만 경제인들을 정화시키겠다는 생각은 큰 착각이야. 너 큰일 나겠다. 대통령도 그 문제는 손대지 않는다."

태연한 척하면서 말했지만 태수가 늘기엔 충격적인 말이다.

"그래 맞아. 정화시키고 싶지만 그건 아니라는 것은 알아. 실은 살아있는 권력도, 재력도 정정당당 법은 법대로 처리해야 된다는 생각이야. 내가 어떤 개혁을 하겠다는 것은 아니야 걱정 마."

잠시지만 침묵이 많은 생각을 끌어모으고 있을 때
"야 너희들 둘 여전하구나, 오랜만이다."
갑자기 끼어든 깎은 밤톨 같은 뺀질이가 분위기를 휘젓는다.
"너는? 네가 왜 여기 와? 순대 싫어하잖아."
태주의 말과 표정에 살짝 반갑잖은 느낌이 담겨있으나 밤톨은 아는지 모르는지
"너희 둘 보고 들어왔지. 검사님들 미리 친해두려구."
대기업 축에는 못 들지만 제법 준 재벌급의 후계자로 알려진 밤톨은 이렇게 솔직해서 판검사가 되기 위해 법대에 온 것이 아니라는 걸 모르는 선후배가 없다. 좀 가볍지만 구정물은 아니라는 이미지다. 그 밤톨과 이미 취한 인행이가 다툼이 벌어졌다.
카운터로 간 밤톨이 계산을 하려고 카드를 꺼내는 걸 인행이 본 것이다.
"이건 무슨 짓인가? 아무 의미 없는 미친 짓이야!"
지나치게 목소리를 높인 인행의 말에 저어기 놀란 밤톨 또한 더 큰소리로

"미쳤다구? 야 너 많이 컸구나, 찌질이 주제에."

놀란 태주가 카운터 쪽으로 달려갔다. 그 자리서 태주가 더 놀라는 사태가 벌어졌다. 비꼬듯 여유로운 미소를 띠며 인행이 밤톨에게 바싹 다가가더니

"넌 찌질이의 기준이 뭐냐? 명품 양복 못 입는 거? 고급 레스토랑 출입 못 하는 거? 찌질아, 진짜 찌질이는 네놈이거든. 법대는 왜 왔냐? 법대 찌질이. 내일 졸업식에 졸업장은 수령하니?"

뺀질이의 눈동자가 완전히 하얀 웅덩이 한가운데서 뱅글뱅글 맴돈다. 너무나 뜻밖의 도전에 할 말을 잃고 분해서 어쩔 줄을 모른다.

사태가 심각해지자 태주는 밤톨을 힘껏 끌어안고 바깥으로 나갔다. 인행은 대학 생활 4년 동안 막혀있던 숨통이 터진 것 같다. 두들겨 패서 10주 상처 주는 것보다, 말 한마디로 평생 지울 수 없는 상처를 줬다. 금수저들은 흙수저를 무시하고 상처 줘도 된다는 법 없듯이 흙수저가 금수저를 무시하거나 상처 주지 말라는 법도 없다. 4년 동안 쌓인 쓰레기 더미 한 방에 날렸다. 인행은 속이 시원하다. 현금으로 계산을 하고 테이블로 돌아와 후식으로 주는 커피를 들고 앉았다. 세상에 가장 무서운 것이 말이구나.

"공정한 세상이야."

밤톨을 돌려보내고 들어온 태주를 보며 통쾌하게 던지는 한마디다.

"나 인행이가 평생 죽은 듯 살아야 한다면 불공정이겠지. 허나 어떤 방법이든 갚아줄 기회는 늘 나에게도 있으니 공정한 세상이잖아. 그동안 내면을 튼실하게 해놓고 기회를 찾자는 결심이 나 자신의 경영방침이었어."

'법대 찌질이란 말 한마디에 짜식 금방 터질 듯 눈동자가 부풀어 오르더라. 놀랐다 인행아, 이 친구야.'

주먹보다 말의 위력이 핵폭탄이다. 돈이 아무리 많아도 어떻게 쓰느냐가 중요하듯, 세상을 향해 하고 싶은 말이 아무리 많아도 언제 어디서 어떻게 하느냐에 따라 핵무기가 될 수도 있고, 평화를 몰고 올 수도 있음을 다시 한 번 생각한다.

〈정의가 뭔데. 옳고 바른 도리? 옳다, 바르다 누가 판단하는데?〉

"이런 식으로 궤변을 늘어놓지는 않겠다. 하지만 태주야 내가 객관적으로 봤을 때 흙수저임엔 틀림없어. 허나 노력해서 타고난 수저를 바꿀 수 있는 기회는 얼마든지 있잖아. 그런 기회조차 없다면 진짜 불공정 사회지. 그래서 나는 사회를 원망하지 않는다. 세상은 불공정이 아니라는 걸 오늘 말

한마디로 보여줬잖아 속이 후련하다. 기회는 얼마든지 있으니까 불공정은 아니지. 문제는 주어진 기회를 캐치하지 못하고 놓치는 경우가 안타깝지만 그건 본인 실수지 불공정은 아니야. 흙수저 중에 흙수저인 나, 인행이 생각은 사회를 또는 타인을 원망하는 것은 자기 경영의 가장 큰 걸림돌이라는 것이다." 태주는 삶의 교훈은 항상 인행으로부터 얻는다.

원망과 남 탓은 자기 경영의 걸림돌이다. 기회는 꼭 온다. 그래서 세상은 공정하다.

속에 천불

_ 온 산천이 야단법석이다. 이렇게 가을은 늘 요란하고 화려하게 온다. 어머니 산소 가는 길에는 갓 스물 여대생 볼살처럼 반지르르 윤기 나는 알밤이 발길을 잡는다. 추석에 뵙지 못해 찾아온 못난 아들놈의 손에 든 검은 봉지에는 달랑 소주 한 병에 새우깡이 들어있다. 그나마 어머니 앞에 술병을 놓으면서 생각이 난다. 종이컵이라도 하나 얻어 올걸. 그래도 울 엄마는

'나 주려고 사 왔냐, 너 마시려고 사 왔냐?'

하시며 볼웃음으로 만사형통 내 편인데 뭐. 아직도 내 응석이면 만사 오케이라고 무조건 믿는다. 이곳에 모시던 날, 불효의 소행들이 새록새록 살아나서 속을 후볐는데, 그 속 아직 아물지 못하고 두 번째 가을을 맞는다. 빚지고 못 갚으면 이런 기분일까? 올 때마다 드릴 게 많은데 기회를 잃은 자의 휑한 마음, 그 빚 이제 갚을 수 있을 만큼 철들었는데

칭찬은 누구한테 받을까.

"제가 어머니에게 걱정가마리가 된 것은 못난 놈 믿는다며 하고 싶은 거 다 하도록 내버려두신 탓이지요.

'하고 싶은 것이 팔자요, 믿는 것이 운명이다.'

하시던 말씀처럼 네, 그래요. 제가 팔자대로 살았습니다. 자유민주주의로 자란 놈이 절뚝거리는 나라에서 민주주의를 해보자는데 세상은 도리어 나를 비정상이라고 했지요. 큰 뜻을 품고 정의의 사도인 양 총구 앞에 돌멩이 들고 맞섰지만, 결국 철부지의 영웅심리 취급합디다. 그때는 진정 펄펄 끓는 정의의 사도였답니다. 4·19 다비데(群) 형님들의 정신을 이어받아서 군정을 타도해야 된다고 우린 결의했거든요.

이제야 귓결로 들었던 당신의 말씀들이 귓속으로 들어옵니다. 농부는 열심히 농사짓고, 학생은 오직 공부가 주업이요, 모두가 맡은 주 임무에 충실하면 그것이 국민의 도리라고요. 우리가 아무리 외치고 몸부림쳐도 그 원하는 민주가 지름길로 달려오진 않으니 진짜 나라가 걱정되면 머리에 지식과 정보를 쌓아서 국민의 의식 수준부터 높이라고 하신 말씀을 되곱쳐봅니다. 어머님 말씀은 그냥 교과서라고 생각하고 책장에 꽂아두었지요. 다 익은 성인이요, 지성인인 줄 알았던 진피아들이 어머니의 눈에는 설익은 가슴에 혼불이 아닌 모닥불만 태우는 걱정가마리였습니다. 진정 정의를 위해 투쟁했지만 모래성을 쌓았어요. 일본강점 36년간 잘못 세뇌된 국민의 사고(思考)를 더 걱정하시던 어머니 말씀에 그렇게 깊은 뜻이 함축되어 있는지 몰랐네요. 그래도 후회는 없어요, 딴엔 옳은 길 걸었으니까요."

어머니 옆에 벌러덩 누워 바쁜 구름에서 옛 기억을 더듬는다.

바람이 식어서 선선해지면 용케도 속에서 먼저 알고 감성에 젖곤 했다. 사내 녀석이 너무 티 나게 가을 탄다고 어머니는 가끔 놀리면서 책 살 돈을 미리 주고 그 용도는 개의치 않으셨다. 머리 쓰다듬어주시던 그때가 행복이었나 보다. 나도 나지만 어머니도 그러셨을 것 같다. 당신의 삶을 몽땅 남편과 아들에게 쏟아부어도 그것이 보람이요, 흥이었으니까. 또한, 행복이셨다. 내가 대학에 들어가면서부터 어머니의 흥은 막이 내려앉아 버렸다. 그놈의 데모 때문에 어머니의 애간장은 녹고 또 녹아 나중엔 녹을 것이 없어 그 자리를 바람이 차지했는지 헛웃음이 헤프셨다. 속가슴의 울음을 걸러서 내놓는 아린 웃음. 그 어색한 미소는 내 마음속 죄송함으로 버캐가 되었다.

어머니는 하지 마라, 또는 왜 그랬느냐고 다그치지 않으셨다. 그래서 변명할 기회가 없었다. 법대를 원하셨지만, 후세에 역사를 알려야 된다는 고집으로 사학과를 선택할 때도 오히려 어머니는 아버지를 설득시키셨다. 전교조 문제로 교단에서 쫓겨났음을 알게 된 날은 내 손을 꼭 잡으시고 아무 말씀이 없으셨다.

다시 교단으로 돌아가던 날

"우리 아들 너무 똑똑해서 시대를 앞서가니 어쩌면 좋아. 처자식을 위해서라도 그냥 흐름에 적응하면 좋겠지만 네 입에서 나올 답변은 늘 그랬지. 교육이 제대로 돌아가야 내 새끼들도 제대로 자란다고. 그래 맞아. 그러나 하나만 생각지 말고 둘 생각도 좀 해라. 뜻을 펴지 말라는 건 아니다. 현명한 방법을 찾으란 말이다. 아들아, 자신의 신념과 일에 최선을 다하는 것은 당연하다. 마찬가지로 가족과 자신에게 최선을 다하는 것도 당연하잖아. 무슨 말인지 알지?"

그날은 평소보다 말씀이 조금 길던 어머니께서 바라보는 눈빛에 만감이 교차했다.

그렇게 무던하시던 어머니께서 대학 2학년 어느 날 화들짝 놀란 모습으로 학교에 오신 적이 있다. 화염병 던지는 뉴스를 보고 다급하셨다. 집에 들어가지 않고 너더댓 날 학교에서 지내고 있을 때였다. 아들을 설득시키려 왔다는 애절함에 몸수색까지 치르고 바리케이드 안으로 들어오신 어머니는 나를 만나자마자 냄새부터 맡으시더니 놀란 모습으로

"민우야, 화염병은 안 된다. 그것은 살인의 흉기가 될 수도 있어. 아니, 살인 흉기야. 화염병은 절대 안 된다. 총기를 든 군인과 다를 게 뭐니? 총부리에는 맨주먹으로 저항해야 그 정신이 진정성 있게 강직한 것이란다. 화염병 투쟁은 난동이다 난동. 내 눈에는 너의 생각 너의 신념과는 다른 목적으로 과격함을 선동하는 부류가 있어 보인다. 이용당하지는 말거라. 이런 방법이 최선이니?"

난폭한 난동이 아닌 진정성이 보이는 투쟁을 원하신 우리 어머니는 그날 정말 안절부절 어쩔 줄을 모르셨다.

"엄마, 걱정 마세요. 우리 아들 장하다고 격려해 주세요. 용기를 주세요. 아무도 나서지 않으면 국민이 더 우민화 되어버려요."

"그래, 맞다. 찬성이야. 나도 함께하고 싶은 심정이다. 하지만 너희들의 그 순수한 정신이 화염병으로 인해서 불량아로 낙인찍힌다. 〈총부리 앞에 맨주먹으로 맞서는 학생들〉 얼마나 정의롭고 국민들도 공감하겠니?"

"화염병은 나도 반대 의견을 내놓았지만, 무자비한 군경들

앞에서는 피할 수 없답니다. 나도 어쩔 수 없어요. 그만 가세요."

"군경이 맨주먹 앞에 무자비하겠니? 난동 앞에 무자비하지."

사색이 되신 어머니를 두고 난 강당으로 들어가 버렸다. 그날을 잊지 못한다. 지금 생각해도 총부리 앞에 맨주먹이 화염병보다는 훨씬 더 용맹스럽고 진정성 있는 행동이라는 어머니 주장이 옳았다. 하지만 분노에 분노가 쌓이니 과격한 분위기를 어찌할 수가 없었다. 내 아들이 그때의 나만큼 자라고 보니 그 당시 어머니 심정이 더 사무친다. 당신의 손자가 아들인 나와 서울 대학교 동문이 되어 법대에 합격한 날 어머니는

"살아생전 소원 성취하는구나! 고맙다. 네 아버지가 1년만 더 계셨으면 이런 광영도 볼 텐데 말이다."

하시며 촉촉한 눈으로 손자의 손을 덥석 잡으셨다.

얼마나 좋으시면 소식 전하기 위해 포 한 마리, 청하 한 병 사 들고 아버지 산소도 다녀오셨다. 나는 법대를 원치 않았지만 그래도 어머니께 내가 하지 못한 효도를 대신 해주는 녀석이 고맙다.

한동안 낮에는 어머니가 밤에는 마누라가 TV를 못 보게

하고 있다. 뉴스 화면마다 등장하는 옛 다비데 군단의 동지들이나 선후배들이 서로 적이 되어서 헤집고 싸우는 꼬락서니 때문에 혈압 올린다는 게 이유다.

사람의 마음이 저렇게 가볍게 변할 수도 있고, 악랄하게 변할 수도 있는가 하면 양심을 더덜곱난 손익 계산할 수 있다는 것이 믿기 싫지만 현실이다. 바람 앞에 가랑잎이 아니라 권력 앞에 가랑잎이다. 속에 천불이 난다.

죽음을 각오한 채 군정을 타도하겠다고 손과 손에 돌멩이 쥐고 총구를 상대했다. 몹쓸 고문도 굳건히 이겨내고 옥살이를 당당하게 치르며 서로 격려하고 힘이 되던 동지들이 표식동물로 변해서 그때의 옥살이를 표 장사 밑천으로 삼는다. 진짜 목숨 바쳐 싸운 동지들은 저들의 들러리였나? 저들의 노둣돌이었나. 속에 천불 난다.

저들을 보면서 미국으로 망명한 유태인 철학자 한나 아렌트의 '악의 평범성'론이 생각난다. 모든 사람이 당연하게 여기고 평범하게 행하는 일이 악이 될 수 있다는 개념이다. 홀로코스트와 같은 역사 속 악행은 미치광이도 아니요, 반사회성 인격 장애인도 아닌 임무에 순응하며 자신들의 행동을 평범한 행위라고 여기게 되는 사람들에 의해 행해졌다고 아렌트는 주장했다.

대학살을 주관했던 아이히만이 사악하고 악마와 같은 사람일 것이라는 예상과 달리 영상 화면으로 봤을 때 오히려 책임감 강하고 정확한 공무원 이미지였다. 공개재판에서 아이히만은 그저 자신의 상관이 지시한 사항들을 충실히 이행했을 뿐이라고 주장했다. 선량하고 평범한 사람이 어떻게 그토록 엄청난 악행을 저질렀는가에 대한 이론이 바로 악의 평범성이다. 아이히만과 같은 선한 사람들이 스스로 악한 의도를 품지 않더라도, 지시받은 임무에 충실하고 더 잘하겠다고 행하는 일 중 무엇인가는 악이 될 수 있다는 것이다.

총부리를 겁내지 않고 군정을 타파하겠다고 외치던 동지들, 저들이 여의도에 들어가면 그 이념, 신념은 희나리되어 표 장사꾼으로 변하는 것도 정치 동료들과 같은 구성원이 되면 기계적으로 해당 분위기에 맞는 행동들을 하게 되기 때문이라고 이해하고 싶다.

온 국민의 애간장을 녹이는 소년 소녀들의 시신을 두고 정치적 매개체로 이용해서 우려먹고 또 우려먹는 파렴치한 무리가 옛 동지들인가 하면 내가 아끼던 후배들도 있다. 위에서 말한 악행을 저지르는 사람들도 조직 바깥에서는 악하지 않고 평범한 사람이라는 이론처럼 저들도 조직 내에선 어쩔 수 없지만, 양심은 있어야 된다. 가슴에는 이건 아니다 하지만 머리로는 표심의 손익계산을 하는 저들의 양심도 복잡할 것이다. 제대로 표를 먹고 싶으면 목소리보다는 손길이요, 비판보다는 반성이라는 이치부터 깨달아야 할 터이다.

정의를 외치던 나는 화염병 던지며 민주국가의 가장 기본인 질서조차 지키지 않았다. 민주주의적 사회에서 자라지 못하고 권력이 주름잡는 사회에서 성장한 우리 세대는 권위적 의식이 박혀있다. 아무리 민주주의 정치를 하겠다고 결심해 봤자 그것은 머리에서 짜는 계획일 뿐 당의 흐름은 쉽게 끊어지지 않는다. 권력이란 쥐고 나면 자신도 모르게 스며들듯 왕이 되는 경우를 많이 봤다. 조선 시대부터 이어온 진보이념, 진보가치는 변이되어 가고, 보수는 권위주의에 취해서 비틀거린다.

식민교육으로 인해 국민들을 우매(愚昧)하게 변화시켰고, 심지어는 자신도 모르는 사이 대국에 손 비벼 오던 국민 근성이 은근슬쩍 노예근성으로 자리 잡아버렸다. 서로 이간질하며 위쪽에 손 비비고, 아래는 짓밟는 근성까지 세뇌되어 있음을 본인들은 모른다. 속에 천불 난다.

나는 조금이라도 교육에 보탬이 되려고 교육자를 선택했지만, 날개는커녕 허리도 펴지 못했다. 내가 전교조에 발을 디딘 것은 순수 참교육 이념이었다. 유야무야 물에 물 탄 듯 시계 돌아가는 것만 바라보는 자들이 싫었다. 이 나라가 독립한 후 여러모로 커리큘럼이 되지 않은 상태로 교육이 시작된 관계로 문제가 많았고, 그동안 많이 개선되어 왔지만 그래도 잘못 끼워지고 있는 단추를 바로잡겠다는 뜻이었다. 세상이 우리를 빨갱이 단체, 좌파 이적이라고 비난하면 덤터기 씌운다고 생각했다. 매스컴을 통해서 일부 교사들이 잘못 지도하고 있음을 접할 때는 부풀리기 모함이려니 생각했다. 그때 뜻을 함께하던 자들이 현실에서 행하는 짓거리를 보면서 순수는 이용당한 것일까 의문이 생겼다. 나는 무엇이었던가? 좌익에 이용당한 것인가. 아니다. 분명 아니다. 전교조 내부에 우익보다는 좌익이 많았던 것은 사실이었지만, 전체를 좌파로 몰아붙이는 것은 보수정권에서 전교조를 해체시키기 위한 우익정권의 모함인 줄 알았다.

화염병 들고 외치던 이들이 정권을 잡았으면 우리가 간절히 원했던 그때 그 이념, 그 신념으로 당당하게 그때의 그 열정을 국민들에게 돌려드리는 정부가 되어야 하지 않은가. 어쩌다가 저들보다 더 악랄해졌단 말인가. 내가 그 구덩이서 털고 나온 이유다.

'어머니, 어머니의 속마음 이제 겨우 짐작합니다.'

속에 천불이 나서 일어나려는데 휴대폰이 부르르 온몸을

떨고 있다. 낯선 번호가 뜬다.

"이민우입니다."

"아, 선생님. 혹시 서울대 사학과 86학번 그 이 선생님이십니까?"

"그런데요?"

"선생님 존함은 많이 들었습니다. 준영이 이력서에서 선생님 존함을 보고 혹시나 해서 이준영 군에게 확인하고 전화드린 겁니다. 저는 준영이 선배 조정현입니다. 인(字), 구(字) 쓰시는 분이 제 아버지십니다. 친구분이라고 들었습니다."

조인구라! 게다가 아들 녀석이 내 아들과 같이 근무를 한다고? 이건 또 무슨 장난 같은 인연인가. 자식들이 무슨 죄냐 싶지만 선뜻 대답이 나오지 않는다. 눈을 감고 길게 숨을 쉰 다음에

"그렇구나. 그 친구, 자네 아버지는 안녕하신가?"

어머니도 포함해서 묻고 싶던 안부를 소리내기 직전 도로 삼켰다.

"네, 가끔 선생님 말씀하십니다. 오늘 아버지께 말씀드리겠습니다. 선생님은 건강하시죠? 아버지 전화번호를 문자로 드리겠습니다. 두 분 만나시면 좋을 듯합니다."

어쭈, 내 말을 가끔 한다고? 설마 제 마누라 앞에서 하는

건 아니겠지.

"그러게 반갑구먼, 그 친구 지금은 뭐하는가?"

"조기 퇴직하셨습니다. 가끔 초빙 강연도 하시고, 봉사활동도 하십니다."

"나하고 같군, 반갑네. 준영이 하고는 한 사무실인가?"

"네, 저하고 한 팀입니다. 지금 자리에 있습니다. 바꿔드릴까요?"

"아닐세, 아직 덜 익었으니 잘 인도해 주게, 부탁하네."

"별말씀을요. 아주 반듯하고 현명한 팀원이구나, 했는데 역시입니다."

"고맙고 반갑네, 이만 끊겠네."

"네, 선생님. 건강 유념하십시오."

이제야 탑세기를 털며 일어났다. 그리고 아차 싶다. 야생 진드기가 그리 무섭다고 했는데, 쯔쯔가무시라든가 그것도 그렇고…. 재빠르게 등이며 전신을 탁탁 털고 내려와서 샤워부터 하고 벗은 옷은 세탁기에 넣었다. 그사이 메시지도 왔고, 부재중 전화도 있다.

'저희 아버님 폰 번호입니다. 010-8992-■■■■'

파란색 숫자를 보는 내 눈씨에 아마 독기가 서렸을 것이다. 의문의 기운은 화가 분명하다. 그 화만큼 힘이 주어진

손가락으로 파란색 숫자를 누를까 말까 하는 순간 수신 신호음이 울린다. 방금 조 군이 메시지로 보내준 그 번호가 뜬다. 아들 메시지 받고 곧장 파란색 숫자를 눌렀나 보다.

"이민우입니다."

"살아있네그려, 살아있어. 나 조인구여. 좀 전에는 안 받아서 또 하는 걸세. 이번에는 바로 받는 거 보니까 자네도 전화하려던 참이었구먼."

볼때기 가득 웃음이 고인 목소리다. 저 목소리와 동반된 표정까지 눈에 선하다. 보통 사람이면 뒷말은 내놓지 않고 삼키지만, 저 인간답다. 내게 증오를 심어준 인간.

"이 친구야, 전 세상에 무슨 인연이 깊어서 자식들까지 이어지는가 말이여."

한참을 통화하다가 조인구가 먼저

"어여 끊고 우리 지금 만나지. 집이 어디야? 나는 방배동인데."

"나는 성북동. 내일은 내가 병원 예약된 날이고 모레 만나자."

"모레는 무슨 모레여. 지금 만나지. 그런데 병원은 왜? 몸이 안 좋아?"

"걍 검진 받아보려구 예약해 놨어."

"그럼 안 되겠다. 밤부터 금식이지? 술 마시면 내일 혈액 검사도 지장이 있으니까 모레 만나자. 다시 전화할게. 우와, 진짜 반갑다. 그런 거 보면 세월 따라 우리도 희나리가 되나봐. 소극적이 되어버렸어. 옛날엔 궁금하면 무조건 찾아 나서잖아."

"맞아. 그동안 자네 소식 궁금하긴 했지만 찾을 생각은 못했네. 우리 모레 다시 통화하자. 어디쯤이 적당할까?"

잊을 수 없지 암. 내가 널 찾을 리도 없지. 목소리만으로도 너의 그 능구렁이 같은 표정이 떠올라 속에 천불이 난다.

"내가 장소, 시간 따로 통보할게."

"좋을 대로 해. 참 지숙 씨 안녕하지?"

기어코 묻고 말았다. 찰나 후회와 괜찮다는 두 마음이 엇박자로 엉긴다.

"마누라? 안녕은 한데 어딜 쏘다니는지 우린 거꾸로 내가 삼식이고, 와이프가 일식이여. 자네는?"

"우린 둘 다 이식이, 게다가 그림자야. 옛날 혼자 있었던 시간들 다 보상받는단다. 내일 건강검진도 같이하겠다고 저러네. 모레 다시 통화하자."

"그래, 모레 보자."

한참 동안 휴대폰을 바라보고 서있는 모양새가 분노 섞인 여운을 발산하고 있는 것 같기도 하다. 폰은 닫았지만 맴도는 기운은 분노 뒤에 숨죽였던 그리움이다. 당장에라도 달려가서 조인구 이 자식 멱살을 쥐고 싶다. 40년 재워둔 분노가 치민다.

제대 후 임용고시 준비로 도서관에서 살다시피 할 때 내 자취방에 찾아온 지숙이의 꽃을 꺾어버린 놈. 내가 없던 일로 하겠다고 사정사정했지만 용서조차 받아줄 용기를 잃고 수녀가 되겠다고 결심한 그녀다. 부모님의 간곡함으로 설득시켜 저놈이랑 결혼을 했다. 음흉한 놈. 불행을 기원하고 싶었지만, 저놈의 불행은 곧 지숙이의 것이기도 하니까 잘 살기를 진심 바랐다. 내 화를 돋운 건 그놈이 아들에게 내 말 많이 했다는 것이다. 지숙이 앞이라고 금기시했을 리가 없지. 한두 번도 아니고 많이 들었단다. 그때마다 지숙이 속은 어땠을까. 배려는 물론 상식도 없는 놈이라는 걸 보여준다. 지숙 씨에겐 평생 지울 수 없는 상처일 텐데 말이다. 아마 내 말을 하면서 그놈의 눈길은 지숙 씨 살피느라 가자미가 되었을 게다. 그 정도로 품격은 살짝 미달인 놈이다.

"검진 결과는 어때?"

편하게 밥 먹을 수 있는 한정식집 방석에 엉덩이가 닿기도 전에 묻는 조인구의 말에

"왜? 암이라도 기대해?"

이민우의 뜬금없는 대답에 영문을 몰라 조인구의 눈동자는 둥근 흰자위 한가운데서 섬이 되었다. 이민우에겐 결코 뜬금없지 않다. 인구만 보면 속이 꼬인다.

"어쩌나, 현재는 이상 없고 뭐가지 검사는 며칠 뒤에 결과를 알 수 있다네."

여전히 이민우는 빈정대고, 감을 잡지 못한 조인구는 더 진지해진다.

"이 친구 웬 꽈배기? 설마?"

"그래, 네 목소리 듣던 날, 순간 옛날 괘씸했던 감정이 반가움보다 먼저 살아나더라."

"자네 혹씨이~ 결혼생활에 문제 있어?"

"아예 그렇길 빌어라. 미안하지만, 우리 와이프는 차원이 다르지."

"왜 이래? 벼르고 싸우러 온 친구 같다. 이러지 말자."

이민우는 꼬여버린 자신이 스스로 황당하고 창피하기도 하지만, 40년 전 그 날의 상황이 영상처럼 선명하게 펼쳐지

는 바람에 잠시 이성을 잃은 것 같은 느낌이다. 우선 분위기부터 수습을 해야 된다는 급한 마음에

"마시고 싶다."

엉뚱한 말로 침묵은 깨트렸지만, 그날 밤 지숙이 하도 울어서 퉁퉁 부었던 얼굴이 눈에 선하다. 40년 아니라 400년이 나를 훑어가도 어찌 잊으랴.

"자네 금식 직후고 검사하면서 내부에 기계가 건드렸으니 안 마시는 게 좋을 거 같아서 부러 낮에 보자구 했네."

가식이 아님을 안다. 그럼에도 속은 뒤틀린다. 수십 년이라는 햇수가 다 쓸어간 줄 알았다. 그런데, 이 자식을 보니 당시보다 더 선명하게 다가온다. 이성을 찾자, 찾자, 찾자. 화장실이라도 다녀올까 할 때 밥상이 들어온다. 머릿속에서 질깃질깃한 잡동사니들이 엉겨 돈다. 내가 이 정도밖에? 저 자식은 정말 아무 일 없는 듯 백지화가 된 건가? 그럴 리 없지.

"자네, 이거 더덕 참 좋아했지. 짠 것과 매운 것은 피하라고 예약할 때 부탁했네. 누룽지 끓인 것도 조금 부탁해 뒀네. 먹어봐."

"고맙게도 그기까지 신경을 쓰는 것 보니 자네 자상한 건 여전하구먼그려."

시키는 대로가 아니라 내 의지로 애피타이저 호박죽부터 한 숟가락 떠먹었다. 머릿속도 조금은 가라앉는다. 먼저 옥돔구이 쪽으로 손이 가자, 옥돔이 부드러워 좋다는 둥 조기랑 옥돔은 지방 함유가 낮아서 소화가 잘된다는 둥 하더니 옥돔 접시를 내 앞으로 밀어준다. 순간적으로 짜증스런 말이 툭 튀어나갈 뻔했다. 참으려고 얼른 죽 그릇을 들어 한 모금 더 삼켰다. 숨 한번 들이마시고

"나 환자 아냐. 편하게 먹어."

"아이쿠, 버릇이 또 나왔네. 나 말이야 실은 지금 자칫 옥돔 뼈 발라 줄 뻔했어. 쌍둥이 손자 키우면서 밥상머리에 앉으면 그게 일이거든. 습관이야."

"그랬구나, 좀 이상타 했지. 날 환자 취급 하는가 싶기도 했구."

이제야 둘은 편하게 웃으며 식사가 시작되었다.

"이 옥돔은 참 깔끔하게 잘 구웠네. 며느리 출산하고 퇴원하는 날 딴엔 저녁 준비한다고 옥돔을 굽는데 아주 다 부서지더라."

조인구는 분위기가 자연스레 편해지자 다행이다 싶은지 조금은 오버하는 느낌이다. 개의치 않고 이민우가 옥돔구이

방법을 설명한다.

"옥돔은 말야, 냉동실에 얼린 것 재바르게 헹궈서 물기를 다 닦은 다음에 녹이지 말고 언 상태로 참기름을 살짝 발라주고 밀가루를 아주 조금만 뿌린 후 적당하게 달궈진 팬에 식용유를 좀 능을 두어 붓고 옥돔은 엎어지게 놓는 거야. 지지지 할 거야. 어느 정도 열기가 퍼지면 불을 약불로 줄인 후 노릇노릇 익었다 싶으면 팬을 기울여 뜨거운 기름을 계속 퍼서 옥돔 등에 끼얹으면 껍질이 노릇하게 익거든. 남는 기름을 따르든지 키친타월로 닦아낸 후 접시를 대고 팬을 뒤집으면 모양이 그대로 살아있지."

음식을 씹다 말고 바라보며 의아해 넋을 놓고 있던 조인구는 그제야 씹던 음식을 삼키며 어떻게 된 거냐고 다그친다.

"셰프? 이봐, 이민우! 변한 건 자네잖어. 내 친구 이민우는 주방 하고는 거리가 멀거든. 이 사람아, 밀가루는 왜 뿌려?"

"밀가루는 비린내를 잡아주고 쫄깃한 감을 더해준다네. 장모님이 지금은 돌아가셨지만, 한식요리 연구하시는 교수였네."

분위기는 완전히 가벼워지고 웃음소리가 잦다.

"인구 자네는 성격이나 대인관계 등 자질로 봐서 검찰청을 거쳐서 정계로 진출할 것이라 생각했었는데 의외로 감사원에 들어갔다는 소문 듣고 뜻밖이었어. 행정, 사법 양쪽 다 졸업 전에 패스하고 왜 그쪽으로 간 거야?"

"우리 부모님이나 집안이 모두 지극히 평범한 공무원 아니면 교육자인데 자네도 알잖아, 법 동네 줄잡기, 연수원에서 이러쿵저러쿵 줄서기 정보통들이 많은데 나 같은 놈에게도 내미는 손은 있더라. 허나 내가 믿고 싶거나 의지하고 싶은 줄이 없더라. 해서 안전한 길로 가려고 미리 경제 쪽으로 공부 좀 했어. 잘했다고 생각해 금융감독원 경제부원장으로 제대했으면 잘했지. 안 그래?"

"잘했어, 정계로 갔다면 오늘 이런 자리는 없다. 대선이 끝나면 취임도 하기 전에 다음 권력 쟁탈에 혈안이 되는 진흙탕에 안 가길 잘했어. 국민들은 매스컴만이 소식통이고, 그 소식통은 지네 기분대로 뉴스 만들고 국민 이름 팔아 쥐락펴락하질 않나. 잘은 모르겠지만 내 눈에는 정계가 마치 눈에 띄지 않는 흡혈귀 소굴 같아. 물어뜯는 아수라장 말이야. 여의도는 표식동물원."

이민우는 뇌리에 흐트러진 잡동사니를 조금이나마 쓸어내면서 속 시원하게 털고 싶었지만 다른 화제로 덮었다. 웬일로 조인구가 속엣것이 나온다.

"그보다 나는 자네가 아까워도 너무 아깝다고 했네. 고등학교 시절 난 한 번도 자네를 앞지르지 못하고 3년 2등이잖아. 이를 악물고 너만 이기고 싶었다는 거 너만 모르지? 덕분에 내 실력은 잘 다졌지만 약 오르게 너는 죽어도 역사 선생 하겠다며 우기더라. 한편으로 확고한 신념을 가진 자네가 부럽기도 했어. 지금 생각하면 내 친구 자네야말로 지혜롭게 참된 길을 선택해서 평생 옳은 길을 걸었다고 생각해. 감탄보다 존경한다. 아마 자네 제자들은 모두 정신상태가 제대로 잡혀 있을 것이라 믿네. 그게 얼마나 중요하고 큰 공인가. 역사만 제대로 알아도 현재를 현명하게 판단하고 올바른 국민이 될 것이니까 말이야. 정치판 인간들 역사 공부 좀 했으면 좋겠어. 자넨 선견지명이 있었어. 이 나라 사회가 이렇게 될 것임을 예견했지? 그래서 아들 통해 자네 소식 듣고 얼마나 반가웠는지 몰라 존경하네."

조인구가 말하고 있는 동안 머릿속에는 내 일등을 뺏으려다 끝내 못 이루고 지숙이를? 생각하다가 도리질이다.

"존경까지는 아니라도 내 뜻을 알아주니 반갑다. 자네도 자네만 생각하면 잘 선택한 것 같긴 하지만 나라 생각하면 아깝지. 조인구는 아수라장에 들어가서 배짱 좋게 교통정리 일을 했어야 해. 범국민적 아쉬움이지.

이제 제발 대통령이 조용히 퇴임하기를 빌었다. 역대 대통령 중에는 그래도 제일 청렴하지 않았나 싶었던 박근혜를 봐. 친동생들까지 보호벽을 치고 측근도 두지 않았으니 별 문제 없을 줄 알았지 뭐니. 죄가 얼마나 큰지 몰라도 죄목이 밝혀지기도 전에 감옥행은 그렇잖아? 이것이 국가야? 사단법인이야? '국정농단'이라는 단어를 입에 담을 때 본인들은 창피함이 없었을까. 한 여인의 치맛자락이 하나의 작은 단체도 아니고 국정을 농단할 때 지네도 놀아났다는 거잖아. 조작된 농단이니까 존심 상하지 않은 것일까? 속에 천불 나. 파헤쳐 들수록 창피하고 존심 상해."

이 나라가 준비 없는 해방으로 정치, 행정 모두가 우왕좌왕 비틀거리면서도 성장하고 있었다. 36년 동안 식민지 교육에 세뇌된 어른들이 그 사고방식으로 2세 교육을 해왔다. 모든 교육의 바탕에 식민지적 기운이 깔려있음이 문제다. 우리 세대가 그 2세에 속한다면 조금 나아진 2세들이 또 다음 세대를 올바르게 교육하면 좋겠다. 제대로 된 선진국 가서 교육받은 젊은이들도 많으니 희망적이 아닌가 싶다가도 일전에 본 방송이 또 맘에 걸린다.

"얼마 전 SBS 방송에 「요즘 젊은것들의 사표」라는 주제의 방송 봤냐? 스펙은 고점수지만 일은 꽝, 말하자면 '일못고스

펙'이라는 신조어가 나올 정도여. 무엇을 하고 싶다는 목표
도, 의지도 없이 어깨 힘줄 수 있는 기업 간판만 쫓아 입사
했다가 배겨내지 못하고 포기하는 거란다. 더 기가 막히는
것은 엄마들이 자식들 스펙만 만들어주는 게 아니라 회사
서 못한 일까지 해결 준다는 마마사원도 있다니 이 일을
어쩐다니."

　들고 있던 조인구는 전혀 몰랐나 보다. 정말이냐고 놀란다.

　"와, 그게 사실이면 이거 심각하네. 속에 천불은 여의도,
블루하우스, 서초동 그쪽만이 아니구먼그려. 이거이거 쎈
엄마들 자식만 망치는 게 아니라 나라까지 망치는구먼. 자
네처럼 2세 교육을 위해 모든 재능 다 내려놓고 선생님 하
겠다는 젊은이가 많으면 좋겠지만, 엄마들이 교사를 발샅의
때꼽재기 취급하니 누가 교사 하려고 하겠니? 이 와중에도
차세대 교육에 몸 바치겠다고 임용고시 준비하는 젊은이들
에게 진심 격려의 박수 보내고 싶구나."

　이래저래 속에 천불 나는 일뿐이다.

　"이건 어떨까? 자네가 일간지에 힘든 시국일수록 영웅심
리나 부추김에 넘어가지 않도록 기고를 하는 거 말이야. 콧
방귀만 끼고 동조하지 않는다 해도 가만히 앉아서 한숨만
쉬고 비판만 하는 것보다는 나을까 싶다."

조인구의 권유에 슬며시 쓴웃음을 머금던 이민우는

"이 사람아 촛불집회에 나온 사람들 표정들 봤어? 오죽하면 CNN 외신이 애견까지 안고 나와서 즐거운 얼굴들이 대통령 하야를 촉구하는 가슴 아프고 슬픈 사람들 맞냐구 보도했어. 하지만 국내 언론은 그런 거 중요시 안 해. 오직 숫자만 내세워. 이런 사회에 무슨 말이 먹히겠나. 아마도 옛 동지들조차 외면할 거여."

울어야 할까 웃어야 할까 어이가 없다. 이민우는 가정교육의 중요성이 인격 형성과 밀접한 관계 때문이라는 생각을 하다가 마누라가 새삼 고맙다.

"마누라 자랑 하나만 할게, '아이들에게 내가 옳다고 생각하면 부모님이든, 스승님이든 아무리 높은 분이라도 공손하게 자기주장을 끝까지 표현하라'고 강조하고, 맡은 일에는 확실하게 책임완수 해야 된다는 것을 철저하게 각인시키는 편이야. 평소 TV를 봐도 꼭 아이들과 토론 아니면 상황에 따른 대처법을 심어주는데, 육영수 여사님 총살 당하는 장면 보던 날, 초딩 아들 앉혀놓고 열 올리며 설명하더라. 그날 수위 아저씨가 사신의 임무인 신문 검사를 확실히 했으면 이런 엄청난 불상사가 없었을 것이라고 임무수행의 중요성을 여러 번 말하더라. 그 당시 까만 세단 고급 호텔 차를 타고 쫙 빼입은 양복만 보고 신분 확인 없이 통과시킨 것이 문제였다고 아이들에게 설명하더라."

"전국의 엄마들 수준이 곧 국민의 수준이요, 국민의 수준이 바로 나라의 수준인데 자네 와이프답다."

교수들이 학생들 눈치 살피는 세상이 되었으니 얼마나 크게 잘못되고 있느냐는 조인구의 말에 교육자로서의 사명감이 곧 자존심인 이민우는 자기 일처럼 창피하다.

"그런 말 함부로 하지 마. 아무렴 그건 아냐, 아닐 거야."

"나도 아니면 좋겠다."

둘은 말을 잃었다. 찻잔에서 피어오르던 김도 멎었다. 하지만 믿는다. 절대 넘어지지 않는 국민 근성을. 절대 허성하지 않다. 속에 천불이 나도 이성을 잃지 않는 국민이다.

차마 말할 수 없었다

펴 낸 날　2022년 7월 4일

지 은 이　오계자
펴 낸 이　이기성
편집팀장　이윤숙
기획편집　이지희, 윤가영, 서해주
표지디자인　이지희
책임마케팅　강보현, 김성욱
펴 낸 곳　도서출판 생각나눔
출판등록　제 2018-000288호
주　　소　서울 잔다리로7안길 22, 태성빌딩 3층
전　　화　02-325-5100
팩　　스　02-325-5101
홈페이지　www.생각나눔.kr
이 메 일　bookmain@think-book.com

• 책값은 표지 뒷면에 표기되어 있습니다.
  ISBN 979-11-7048-417-2 (03810)

　·이 책은 충청북도, 충북문화재단의 후원으로 문화예술육성지원사업의 일환으로
지원받아 발간되었음.